# 28メートル先のキミへ

佑佳

ステキブックス

ズダン——的へ矢が刺さったその一音で、僕の全部が持っていかれた。
意識、視線、集中、興味。いつの間にか息を吸うことも忘れて、彼女の所作に目を瞠る。
ゆっくりと左右対称に下ろされる腕。ゆらぁりと柔らかく地を向く和弓の先端。彼女の小さな鼻が的から弓の先へ向き直ると、そのうちに音のないすり足で的前から立ち退いた。射場を出る直前に一礼をして、流れるように踵を返す。

「かっ——」

つい洩れ出た僕の声。

「——けぇー……」

恍惚の溜め息で続きを吐き出す。
その彼女の最後の一射で、彼女の優勝が決まった。

# １　その一音で、僕の全部が持っていかれた

　九月の最終日曜日。枝依（えだより）市中央区の枝依総合体育センターで、高校弓道の地区大会が行われていた。合計何校が集まったかさだかではない。みんな白か黒か紺色の道着に黒い袴（はかま）と格好が似通っているから、部外者の僕には見分けられやしない。まぁ、袴の腰辺りに安全ピンで留められた校名札を逐一確認すればいい話なのだが。

　僕――佐々井青磁（ささいせいじ）は、我が城修（じょうしゅう）高校弓道部に所属している友達が試合に出るということで、それの応援に来ていた。

「お疲れ、外川（とがわ）。個人五位はスゴいよ、マジおめでと」

「おいーす、セイちゃん、タマ！　ありがとーね」

　この外川というのが、弓道部に所属している同じクラスの友達・外川琢心（たくしん）。そして『タマ』こと玉野大秀（たまのひろひで）と僕の二人で、今日の外川の試合を観に来たというわけ。

　弓道なんて、と言ったら大変失礼だが、正直なところ試合観戦の機会はおろか話題にのぼったことはなかった。更には僕自身が弓道をやってみようと思ったことだって一度もない。だが、入った高校に弓道部があって、仲良くなった友達が弓を引いていればおのずと興味だって湧くよね。ひと

まず『うっすら』だけど。

今日の外川の戦績は個人戦で五位。一年生ではなかなかスゴいんじゃないかなというのが、今日一日観戦しただけの知識で出てきた感想だ。だって、他校の二年生や三年生だっている中で五位だよ？　外川が『中学二年から弓道を始めた』という有利な条件があることを加味しても、もっとずっともて囃していい気がする。

一方で、団体戦は準々決勝敗退と残念な結果になっていた。二、三年生部員の構成で三チーム出ていたわけだけど、あまり芳しくはなかった。

「なぁ琢心、女子の部の最後まで見た？」

いやらしく両目を三日月型にひん曲げて、玉野がクスクスと笑いながら外川の左肩にピトリと張り付く。

「タマ、さっきからそればっかなんだよ。あの娘かわいいとかあの娘タイプだとか、そんな話ししてねぇ。うるさい」

「青磁だってスゲェ食い入るように女子の個人戦見てたじゃん」

「スゲェ人いるなーって思って見てただけなんで。お前とは違う」

きょとんとした外川が「スゲェ人って？」と僕を覗いてくる。

「見てなかった？　女子の個人戦でズバーン決めて優勝した娘がいたんだけど」

「あーあの娘。俺たちと同じ一年なのに冗談抜きに射形綺麗だったもんねぇ。さすが経験者って感じ」

がくがくと頷く外川。着眼点が選手ならではだ。ちなみに『射形』とは、弓道用語で弓を引く姿形のことです。

顎のラインで切り揃えられたボブスタイルの黒髪。飾らない雰囲気の右横顔。矢が彼女の唇の真一文字を隠したときに見えた、キレのある光を宿したまなざし――たしかにあれは素人玄人関係なく誰がどう見たって、彼女が弓道を数年は嗜んでいるに違いないとわかる。

「ふぅーん？　佐々井青磁クン一六歳は、あーいう娘がタイプなのかァ」

ニチャニチャした笑顔で水を差す玉野。途端に、せっかく思い描けた彼女の姿は煙のごとくボワンと消えた。ちくしょう。ていうか「あーいう娘」と言うってことは、玉野も案外きちんと試合を見ていたのか。

「別にそういうんじゃなくて、弓引く姿がキマっててカッコよかったって話。しかも一年生でさっそく優勝じゃん？　フツーにスゲくね？」

「うむ、快挙だと思うよぉ。で、タマは見つかったの？　お眼鏡にかなうかわいい娘」

「見つかった見つかった！　女子の表彰式終わったら声かけにいくつもり。あ、そういうことだから青磁、ここからは別行動っつーことでひとつ」

手を合わせてスリスリ上下にして甘えるもんだから、僕は苦い顔で「わかったわかった」とあしらった。

「外川はこのあとどうすんの？」

「そのまま部員みんなで学校戻って、軽く反省会してから片付けして、そんで解散だよー。だから気にしないでセイちゃんは先帰りな？」

「ん、わかった」

外川が表彰される姿を見終えた僕は、一人で体育センターを出た。観戦を終えた他校生徒や親御さんたちに紛れて、最寄り駅である『枝依総合体育館前駅』へ向けてのんびりと歩く。

体育センター周りの歩道は、モノクロ配色の石畳で舗装されている。電線は地下に埋まっているようで、空がなんとも高くて広い。等間隔に植えられた木々は、今年の猛暑にもよく耐えたみたいだ。深い緑色の葉の中には稀に日焼けをおこしたものもある。あれを『汚くなっちゃった』ととるか『よく頑張ったな』ととるかでその人の性格が出るだろうな、なんて、ぼんやりと哲学じみた考えに浸る。ちなみに僕は前者になりがちだ。

涼しくなった夏の終わりと、チラチラ覗いている秋の始まり。その合間の季節の風がヒューと僕の脇を抜けていくと、唐突に孤独を意識してしまった。

「やっぱり、タマと一緒に最後までいればよかったかな」

はたして玉野は、お眼鏡にかなった女の子の連絡先のひとつやふたつ手に入れられたのだろうか。もしかしたら今頃、アイツの軽口が『おデートのお誘い』なんつーものをペラペラ喋っているのかもしれない。

「いや。やっぱり外川のこと待ってればよかったかも」

はたして外川は、部長や副部長はもちろん顧問教師を筆頭に、さっきの試合について盛大な振返りトークをしているのだろうか。もしかしたら今頃、想像以上に称賛されて喝采を浴びているかもしれない。

思えば僕は『何もない』。

得意な教科、特別に好きなこと、偶然秀でていたがために出来てしまうこと——そういうものを、僕は何ひとつとして持っていない。たとえば、玉野のように女の子と積極的に話せるワケではないし、外川のように一途に長年続けているものや高みを目指したいと思えるものに出逢えていないということだ。それは、良いように言えば『平均的』で『可もなく不可もない』が、悪く言えば『モブ』で『背景』で『その他大勢』なのだ。

「どのみち、身の置き場に困るだけだったな、うん」

逆に、中学生になったばかりの僕は、恥ずかしいくらい自分を過大評価していた。

入部するにふさわしい部活がないと言って横柄な帰宅部員になり、塾に通わなくたってと見栄を張り、かといって習いごとなど今更始めさせてもらえるわけもないので、毎日をなんとなく過ごしていた。そのうちに、「僕の中に眠っている隠された能力を呼び覚ます『特別な何か』がきっといつか起こるから、それに備えていなければ」なんてイタい妄想を充満させて、居心地のいい仲間たちとのんびりしていたワケだ。

結局何も起こらなかったし、呼んでもいない進路分岐点がドンと目前に現れたことで現実を直視させられて、そのときになってようやく自分が『特別』ではないと理解した。たしか中学三年生の今頃だった。

周りのみんなは既にきちんと現実を見据え、受け止め、ひとつひとつに冷静な対応をしていた。すべてに右往左往していたのは僕だけで、それから自分自身のことを無性に恥ずかしくて悲しいヤツだと思った。

せっかく入学した高校を悪く言って申し訳ないけれど、この城修高校だって平均的な公立高校だ。文武両道の校風は、一見すると選択自由度が高い。でも僕のように『自分から行動ができない』人間には、現状キープかそれ以下になって中学生活の二の舞確定だ。

こんな自分をいつだって歯痒く思うのに、既に高校生活の六分の一が終わってしまった。

「……帰ろ」

何かしたいのに何もない――優勝を決めた彼女のまなざしや緊張を伴った横顔に僕は強く憧れて、同時にいっそう焦りを感じていた。

◉

枝依総合体育館前駅から在来線で西へ四駅。そこは枝依市の中心で、すべての路線の乗換が出来るハブステーションの『枝依中央ターミナル駅』だ。自宅へ帰るにはそこで別の在来線に乗り換える必要がある。アナウンスと共にドアが開き、それからスマートフォンを制服のポケットへ捩じ込んで、のろのろと下車す――

ガツンッ。

「おわっ、な、何……」

左隣で電車のドアに激しくぶつかる音がした。びっくりして振り返ると、出入口でオレンジ色の細長いものが引っ掛かり、詰まっている。何だ、あれ？

下車が遅かったことと乗換駅ということもあって、周辺には既に僕しかいない。助けてやろうと二歩で近付いた僕は、ドアの上部で引っ掛かっているオレンジ色を掴んだ。

「大丈夫ですか」

掴んだそれの感触はとても硬い。オレンジ色自体は布だが、その中身は木材のようだ。わずかにナナメに倒しながらドアを潜らせて外へ出やすくしてやる。引っ掛かりが外れた拍子に持ち主がトタタと電車から駆け下りれば、ドアは「パポンパポン」と鳴いて閉まった。

ていうかもしかして、この細長いものって長さ的にも和弓じゃあないだろうか。それに、左肩に担いでいる黒い筒。これと似たものを外川も持っていた気がする。

持ち主はとても小柄で、一五〇センチくらいの女の子。こんな小さな娘がこんな長いものを持って移動しているなんてちょっと危なっかしいような気もするのに「小人が割り箸担いでるみたいだな」とだんだん微笑ましく思えてきた。

「もしかして今日の弓道の大会に出てました？　枝依体育センターでやってたやつ」

どうしてそう思ったのかというと、彼女が特徴的なジャージを着ていたから。

ジャージは上下共にオフホワイト。アクセントとしてところどころに黒のラインが入っている。たしか『枝依学院大附属高校』だったような。制服も同じカラーリングで結構目立つし、さっきの表彰式でよく挙がった高校名だったことも相まって尚更記憶に新しい。

僕が訊ねながら覗き込むように彼女を窺えば、ようやく彼女は僕を見上げてくれた。

重ために切り揃えられた前髪は、つるりと艶めいている。その奥の濃い黒茶の瞳には、記憶に新しいキレのある光が見える。小さな顎、白い肌、小さく幼気な唇――

「――あ、女子個人で優勝してた人」

つい、そんな勝手な呼び方を口から滑らせてしまった。仮にも今日一番目についた娘の名前を覚えていないだなんて、どれだけ僕はマヌケなんだ。

「…………」

ジィと見上げる彼女の視線にハッと口元を押さえたけれど、どうやらしっかり聞かれてしまったらしい。彼女は眉根と目頭を近付けて、ムッと下唇を数センチ持ち上げている。うっ、怒らせたかもしれない。

咄嗟に「あ、えとその」とイイワケを並べようとしてしまったが、こちらもあっさりと見抜かれてしまったようだ。ツンと瞼(まぶた)を伏せて僕からの視線を切った彼女は、そして何とも言わず小さくペコリとし、あっさりと僕の右脇を抜けて走り去る。

「え、ちょっ」

小さな歩幅ながらも、彼女はずんずんと改札方面の下り階段を進んでいく。すぐにその後頭部は見えなくなって、オレンジの布に巻かれた和弓の先端も階段に呑まれるように視界から消えた。

「な、なんだよ、助けてやったのに。礼もナシとか」

とはいえ、別にお礼してほしかったわけではないんだよなぁ。それに、彼女は僕を咎(とが)める言葉もかけてこなかった。あ、むしろ口すら利きたくなかったとか？　そう思い至って自嘲(じちょう)気味に「なるほどね」と嗤(わら)う。それにしたって釈然(しゃくぜん)としない。ムカついているわけではないのにチッと舌打ちが洩(も)れて、そしたら僕の歩き方もずんずんと乱暴になっていく。

「すんげーカッコいいと思ったのに。まさかあんな無愛想で礼儀知らずとはねぇ」

きっと『予想が裏切られた』感じに近いのだろう。だが実際にどんな予想していたのかなど、自分のことなのに相変わらずわからない。

彼女と違って手ぶらな僕は、格好つけで背負っているフラップ型リュックがすっからかんで軽すぎることに、今更ながら虚無(きょむ)を痛感した。

◉

思い返せば、枝依学院大附属高校には知り合いがいない。昔から友達は満遍（まんべん）なくいる方だと自負しているが、しかしさすがに学院大附属に進学した友達はいないないなぁと、教室の自分の机に頬杖をつきながら口をへの字に曲げていた。

なぜ『さすがに』なのかというと、枝依学院大附属は偏差値（へんさち）のまあまあお高い私立校なのであります。幼稚舎から大学院まであるいわゆる『ブランド校』。そんなことも相まって、僕の周りの友達には学院大附属に進学する人がいなかった……というか『出来なかった』の方が正しいのかも。学力スポーツ共に優秀な『選ばれし人』たちがいる華々しい学園。あの白い制服に汚れを付けるようなおマヌケな人間はいないってことなのかもしれない。

「せーいーじーくぅーんっ」

このねっとりとした声は玉野だ。思考の海から現実に焦点を合わせ直して、声のする方へ顔をやる。絶好調の笑顔に跳ねるような軽いステップを踏んでこっちにやって来る様はなんだか不気味だ。ゾゾゾと背中に冷や汗がつたって、つい顔面ぐんにゃりで「おはよ」を絞り出す。

「やあやあ、グンモーニン。実に爽やかな月曜の朝だねぃ。うん、今日も世界は美しい」

「お前そんなキャラじゃないよね。どこのキザ芸人だよ」

「さて、青磁くんにお知らせがありまぁす」

僕の机の右側に両腕をつき、グッと身を乗り出してくる玉野。満面の笑みはニチャァとした粘着性がある。「何がさてだ」と顔面ぐんにゃりは継続中。

「不肖玉野大秀、このたび、無事に彼女ができましたっ」

「ハア？　ウソだろ、マジ？」

「マジです、ちゃんと付き合ってます。多少オーディエンスもいましたし間違いありません」

「いやいやいや。どうせまた『ちょっとナンパしたらコーヒー奢ってもらえた』とかだろ？　バカ、そういうのは付き合ったたって言わないいっつーの」

「いやー申し訳ないっ。一緒に試合見に行ってるのにオレだけそこで彼女作っちゃったことだけは悪かった！　うわースマンスマン、青磁にしたらちょっと悔しいよねぇ。ヌケガケみたいだもんなぁ、うんうん」

なるほどコイツの上機嫌はソレか。要するに『ヌケガケからの成功による優越感』みたいな状況が嬉しくてたまらんというワケだ。実際にはあのとき『目的が違うので別行動による解散』と三人で納得し合ったから、別にヌケガケでもなんでもないのに。

ていうか玉野、マジで彼女出来てるじゃん！　土曜のその日にしっかりロックオンした娘と、つまりはその日中にめちゃめちゃ距離詰めたってことだよな？　なんだよそのスキル、行動したら成功しましたって簡単に示してくるな。べ、別に羨ましいなんて思ってない、ちぃーっとも思ってないいッ！　うん、思って……うん。

「タマー、セイちゃーん。おっはよーう」

そのほやーんとした声にハッとした僕は、ブンブンと頭を振って思考を飛ばす。そっちを向けば、朝練上がりの外川がのったりのったりとこっちへやって来ているところだった。正直今の玉野より俄然爽やかに見える。

「ととと外川聞いた⁈　玉野が彼女でき――」

「うん、体育センターからの帰りに二人で歩いてる後ろ姿見たァ。もう付き合うことになったのー？　さすがタマだねぇ。オメデトー」

にこ、と優しい外川の笑顔に脱力する僕。玉野は「どーもどーも」とか言いながら照れ笑いをしている。

「いや待て二人とも、ちょっと落ち着こう？　展開が早いって。もっと順序立ててゆっくり進もーよ」

「んもーう青磁クンたら、ホントーに奥手なんだからッ。ヌケガケしたことは謝ったじゃないのン」

「そゆこと言ってるんじゃねぇの。俺が言いたいのは、そう簡単に昨日の今日でポンポンいっちゃうと、ゆくゆく二人がすれ違ったりしねぇかなっていう懸念をだな」

「もしかして、オレひとりで突っ走ってると思ってる？」

「それ以前の話。だってほら、もっとこうさぁ、あるだろ。その、こっ、こ、恋の最初の、ほら、ドキドキとかさァ！　そ、そーゆー段階踏んで、つつ、付き合う、とか、ここ、こ、恋人？　ってなってくもんじゃねーのかなぁー？　ってゆーか。あ、焦りすぎて雑になってねーのかなって。し、心配っていうか……」

　たしかに僕は、女の子と話すことは得意ではない。でも「ドキドキしたり真っ赤になるような恋愛もしてみたいな」なんてそれなりに憧れてはいる。行動に直結していないだけで。

　顔がぽっぽした状態で何も言えなくなっていると、玉野が大袈裟な『ヤレヤレポーズ』で首を振った。

「ハァ、青磁は良くも悪くも真面目だな。いいか？　十代後半っつうのは人生八〇年の中でも特別も特別な超絶プレミアムな数年間なんだぞ？　それを存分に満喫するには、カットできるとこはサクサクカットしてかねーと時間が足んねーの。おわかり？」

「けどさすがに順番つーもんがあんだろ、物事には」

「大丈夫大丈夫。青磁の言う『恋のドキドキ』？　フフッ……とかそういうのは『これから』彼女と一緒に楽しんでこうと思ってっから。安心しといて、青磁キュン」

　コイツしれっと僕のさっきの発言を嗤ったんだが。スンと目の開き具合を半分にしていると、にこやかな外川が「まあまあ」と割りこんできた。

「意見がくい違っても仕方ないよォ。セイちゃんは順序立ててゆっくり進むのがセオリーで、タマはスピード勝負がセオリーなんだよね？　二人とも性格に沿ってていいと思う、俺だって二人と意見違うもん」

「じゃあ外川はどっち寄りなワケ？」

「相手の出方見つつその場でジーッと待てちゃうタイプだよ」

わあ、マジで待ってそう。ぼんやりと忠犬（ちゅうけん）な外川を思い描く僕。「ブフッ」と噴き出している様子から、どうやら玉野も「すんごくわかる」と思ったのだろう。

「ま、まぁそれでだ。彼女ちゃんから『次の練習試合見に来てくれ』って言われてんの。だから青磁ィ、また付き合ってェー？」

「ハア？　なんでわざわざお前のイチャコラ見学しに行かなきゃなんないんだよ」

「だあって彼女は選手として出ちゃうし、ずっと一緒に居られるわけじゃねーもぉん。そしたらお話相手いないじゃあん。さ、み、し、い」

「知らないよ。つーかそれいつ？」

「次の土曜。だから一〇月の第一土曜だな」

満面の笑みの玉野と、それを苦々しく睨みつける僕。助けてとばかりに「外川は行く？」と顔を向けたが「部活だよー、だから不参加ね」とあっさり首を振られてしまった。

「なんだぁ。で？　どこでやるんだよ、練習試合」

「この前ンとこだって。枝依総合体育センター」

建物の名称を聞いただけなのに、あのときそよいだ秋風と、彼女の最後の一射が鮮明によみがえる。そのお陰か、ズンとしていた面倒くささがほんのわずかに霞（かす）んで、外川の気の抜けた「やっぱりかぁ」が更にその重さを和らげてきた。

「体育センターの弓道場って、ホント広くて使い勝手いいんだよねぇ。ホームでもアウェイでもない中立の会場ってイメージっていうか」

「へぇ、なるほどな。で、試合すんのはどことどこなの？」

「えーっと、錦南と学院大附属」

「が、学院大附属っ?!」

ついガタタッと激しく立ち上がってしまった。玉野はビグッと肩を跳ね上げて後ずさり、外川はそのタレ目をまんまるに見開いている。

「な、なんだよ、急にバタバタして」

「がが学院大って、し、白の制服の、あの枝依学院大附属？」

「学院大っつったら、この辺じゃそこしかねーだろ。ちな、オレの彼女ちゃんは学院大附属の一年でーす」

「そっかぁ。セイちゃんが気にしてた永澤ちゃんも学院大附属の一年生だもんねぇ」

顎に手をやって「うんうん」と納得したように頷いている外川。……なんか外川が今、僕が知りたくて約二日間悶えていた重要な単語を砂粒ばりのサラーッとした軽さで吐いたよね？　僕が「なんだって？」と外川を凝視していたら、やっぱりあっさりと返される。

「あれ？　表彰のとき名前呼ばれてたから、二人ともすっかり知ってるんだと思ってた」

「あ、いや、外川の表彰見てすぐ帰ったし……っていうか、一目惚れではないからっ」

「ンもう、またまた青磁キュンってば照れちゃってェ。なんだっけ、恋のドキドキ？　その永澤ちゃんと始めたいんじゃねーの？　ンフ」

「それ何回も擦んないでくんない」

「まぁまぁ落ち着いてぇ。話し戻すけど、セイちゃんが一目惚れしてたあの娘、永澤ちゃんっていうから覚えといてよ」

　永澤、さん。

　声になりきらない声で小さく一度呟くと、彼女のあのときの横顔がフラッシュバックした。艶めくボブヘアがふわりと秋風になびき、凛としたまなざしが鈴の音のように冴える。

「ちなみに、学院大には弓道の推薦で入ったみたいだよぉ。どうりであんな綺麗な射形で、決めるとこきちーんと決めてくるはずだよねぃ」

「で？　どうする青磁。お前も永澤ちゃん見に行く？」

「行っといでぇ、セイちゃん。タマと彼女ちゃんがもしかしたらお膳立てしてくれるかもしんないよ？」

「ったく、しょーがニャいニャあ。琢心に言われちゃあ協力してやらなくもニャいっ」

「フハハ！　なんで猫」

「タマっつったら猫だろ？」

二人のコントの傍(かたわ)ら、体温の上がるような昂揚(こうよう)感をひっそりと抱いていた。「また彼女に会える」という絶好の機会(チャンス)に、正直ものすごく浮足立っている。

そりゃあ電車の降り口でのことを忘れたワケではない。そっけなさすぎる態度は腑に落ちないし、あの痛烈(つうれつ)な睨(にら)みは精神的に堪(こた)えるけれど、どうしても彼女の弓を引く姿はもう一度しっかりと見たいと強く思っている。

うう、だんだんと勝手に頬が緩んでだらしなくなってきた。二人の顔をまともに見られない。知らない人が見たら不審に思われるくらいニヤニヤしているだろう。モニモニと頬を揉みほぐしながら、僕はぽつり「……行く」と吐いた。

「マジ?!　やった！　サーンクス青磁ィ！」

パアと表情を明るくした玉野は、急に調子良く僕の首へ腕を回してくる。すかさず「やめろよっ」と突っぱねる。コイツの筋肉質に抱きつかれても嬉しくない。

ともかく。僕はもう一度彼女に会うことで、このモヤついた脳や胸の内側をパアッと晴れさせたいのだ。あのときの彼女の弓を引く姿に全部持っていかれたあの感覚が、衝撃が、残像が、僕に刺さって強く残って全然抜ける様子がない。

だって土曜日のあの瞬間から、それまでなかった期待感がなぜかずっと冷めないのだから。

# 2　夕陽より濃厚な一日と価値ある薄い笑み

一〇月第一土曜日。天気は薄曇り、風はそよぐ程度。放たれた矢が的（まと）へ飛んでいく空間だけが屋外なので風を気にしたが、これなら矢の軌道が大きく揺るがされることはないだろう。

僕と玉野は、揃って枝依総合体育センターを訪れた。時刻は朝一〇時半を過ぎたところ。既に男子の個人戦が始まっているが、目的は女子の試合なので行動時間をゆるくとった。もちろん制服着用の上での観戦です。

どこで見ているのかというと、弓道場の真横に設けられている屋内観覧席からだ。それは射場（しゃじょう）を左手側に、的（まと）を右手側に臨める位置――つまり、弓を引く人の右頬を眺めながら矢の行方がバッチリ見えるというワケ。観覧用に大きなガラスで隔てられているので、天候にだって左右されない。椅子はないので最前列付近以外はみんな強制的に立ち見だ。

僕たちが着いたときには、出場選手以外の枝依学院大附属高校と錦南高校の弓道部員たち、そして各高校の応援に来た一般生徒たちでそのスペースの九割が埋まっていた。混雑の最後列から右へ左へ身体を動かし、見える位置を探す。ぶっちゃけ怪しい動きだが、それをしてまでようやく見つけたのは、中腰体勢を強いられるかなり低い位置だった。

腰がもたない覚悟で、人の隙間から的前（まとまえ）——弓を引き的（まと）を狙うあの位置の様子をかろうじて窺（うかが）うと、丁度男子の第三試合が始まったところだった。的前（まとまえ）の選手数を数えてみると、全部で一八人。皆一様にビシッとシャキッと姿勢を正し、熱のこもったギラついたまなざしを的（まと）へ向けている。

「すんげー気迫（きはく）……絶対同年（タメ）じゃねーよな」

玉野の独り言に同調しかけたが、近くにいた部員たちの話を盗み聞——いや、たまたま聞こえてしまったところ、今日のこの練習試合は一年生同士の『力量測定（りきりょうそくてい）』と『場慣れ』のためらしい。どうりで練習試合と言いつつ公式戦のそれと大差ない緊張感と慌（あわ）ただしさなワケだ。加えて、どうして彼らが選手以外の部員だとわかったかというと、弓道部員は両校ともジャージ姿なので一目瞭然で知識人かつ関係者だとわかったからです。どうも、名探偵セイジここに見参。

「つーことは、今日引くのって一年だけってこと？　ド素人（シロート）から引けるようになったばっかの人もいれば、琢心（たくしん）みたいな経験者もいる一年の練習試合？」

耳打ちするように訊ねてくる玉野だが、僕だって推測なんだぞと言いながら「十中八九？」と返す。

「よかったな青磁。永澤ちゃんが同学年で」

「う、ウルサイな……」

一一時五分。男子の試合が終わると、観覧席からぞろぞろと三分の二の人が立ち退（の）いた。玉野が「チャンス！」と悪い笑みをしつつ、滑（すべ）るように最前列へ移動。無事にガラスの前を陣取った。よかった、これで座って観戦できるし、よく見える。

道場にはさっそく道着姿の両校の女子部員が増え始めている。つまりみんな一年生だ。

「すぐ試合なんかな」

「いや、調整時間だろ。関係なく引き始めてる人いるし」

玉野が指差した先の選手が、パァンと一矢(いっし)を的(まと)へ捩(ね)じ込んだ。たちまちにこの観覧席から「シャアー！」と声が上がる。……というか本当に「シャアー」で合っているのかはわからない。人数が人数なだけにまるで悲鳴か慟哭(どうこく)みたいで、正しく何と言っているのかわからないのが本音だ。

「……あれ、オレらも叫ぶもの？」

肩をビクつかせていた玉野がコソコソと訊いてきたので「いや、いらんでしょ。部員じゃないし」と首を振っていたら、またもやスパァンッと的(まと)を破く爽快な音が。

「ヨォシ！」

今度は違う種類の掛け声だ。掛け声が二種類あるのは外川から聞いていたけれど本当だったんだな。ちなみに公式戦では声を上げないらしく、だからこの前の試合では聴けなかった。

「シャーが学院大だな。シャー言ってるのがこっち側で、しかもオレの彼女ちゃんがそこにいる」

玉野が声色をピンクに変えてスッと右腕を上げた。フリフリと手を振る先にはスラリとした細身の女の子がいた。頭の高い位置でひとつの大きなおだんごにした髪の毛が特徴(とくちょう)で、観覧席に近い射場(しゃじょう)で弓を手に玉野へ小さく手を振り返している。ぐぬ……美人。友達に囲まれている様がキラキラと『陽キャ』の雰囲気を醸(かも)している。

「あんなかわいい娘によくオーケー貰えましたね、玉野くん」

「フッフッフ、羨ましいだろ。フリーだったの奇跡なんだが。あ、あれ永澤ちゃんじゃね？」

「えっえっ」

　慌てて「どこだどこだ」とキョロキョロすると、ジャストタイミング。小柄でショートボブの女の子がスルリと玉野の彼女の後ろを抜けて、的前に立つ姿勢を取った。骨盤の左右に拳にした手を当てて、それぞれの拳には弓と矢を握っている。

「い、いたぁ」

　つい前のめりになる僕。ガラスに張り付かんばかりに身を寄せて永澤さんを凝視。きっと玉野に「うわぁ」だなんて引かれていることだろう。ええい玉野の目線なんか気にしていられるかっ。

　対戦校との境目に立つ永澤さんは、小さく一礼してから的前に立った。熟れた手つきで矢をつがえる様は落ち着き払っている。

　弓に矢をかけ、右手に装着した『弽』でくるむように矢と弦を握る。つがえた矢に向ける視線、引かれた口元。小さな顎が的へ向くと、途端に周りのざわめきが遮断された。

　右頬の前を通ってゆっくりと矢が持ち上げられていく。頭上なな め四五度の高さに腕を保ったまま、弓を持つ手が的を向く。呼吸のリズムで、矢と床が平行を保ったまま引き下ろされていくが、永澤さんのこの動作は他の誰よりも格段に滑らかだった。

　流れるように、一切力まず、誰でも真似できてしまいそうだと錯覚をするほど軽い所作。矢が口の右端にピタリとおさまり、間もなく狙いが定まると、放たれた矢は的へ向かって飛んでいく。
スタァン――気持ちの良い一音が空間を裂く。それが的を破いた音だと認識するまで、僕は呼吸を忘れていた。まるで幻影だ。矢を離した右手以外少しも動いた様子がない。

「ふわぁ……」

うっかり洩れてしまった感動の溜め息。しかしものすごい声量の「シャーア！」の声にかき消されたおかげで、どうやら玉野には聞こえなかったようだ。

的から顔を戻す永澤さん。もう一矢をつがえたところで、彼女の前に他の娘がぞろりぞろりと入ってきた。永澤さんはすっかり隠れてしまって見えなくなる。

「うぇー、マジ？　一本分しか見らんなかった」

「しゃーねぇしゃーねぇ。どーせ試合のときにじっくり見れるってェ」

◉

一一時三〇分、いよいよ女子の部の試合開始。試合は三人一チームの立射形式で行われ、的中た本数をチームごとに競うもののようだ。立射とは、立ったまま弓を引くスタイルのこと。競技では一人四本ずつ引くのが一般的らしい。

用意された的は合計一八個で、神経質なほど均一に設置されている。学院大附属弓道部から三チーム、錦南弓道部からも三チーム。九人対九人で計一八人だ。ちなみに手前九的が学院大附属、奥の九的が錦南という並び。

個々の立つ位置にも名称がある。今回の場合、一番前から『大前』『中』『落』と呼ばれ、『大前』から順に引いていくルールだ。永澤さんは、学院大付属の一番奥となる三組目の『落』の位置。つまり、場当たり練習時と同じ射場のど真ん中……ということは、まぁ、やはり。

「まっっったく見えない」

この前電車を降りたときにも思ったが、同年代の女の子たちと比べても永澤さんは背が低い方だ。的前に立って弓を引いているときはあんなに凛と大きく見えるというのに、物理的な話になると話は変わる。しかも、この練習試合は立射形式。だからたとえ自チームの『大前』と『中』の人が引き終えて退いたとしても、学院大附属の一組目と二組目の『落』の二人が永澤さんの前に残ってしまうのだ。あぁごめんなさい、できればちょっとずつ避けてもらいたい。

「オレはよォく見える。良き眺望ですわ。いやぁ、またもやスマンスマン！」

隣の玉野は悠々と彼女を凝視している。なぜなら玉野の彼女は学院大附属の一組目の『大前』だから。クソ、玉野め。この前からコイツに運を持ってかれている気がする。

タァンッ——的に矢が刺さった音が空気を裂いた。誰が中てた？　勢いよく僕が的の位置を目視で数えて確認すると——

「あ」

――永澤さんだった。永澤さんのチームの『大前（おおまえ）』も『中（なか）』も一本目は外している。でも『落（ケツモチ）』として、永澤さんはチームに安心感を与えていた。

も、もしかして。「二人が外しても、私が一ポイント捩（ね）じ込んどいたよ、安心してね☆」みたいな？ あ、僕の妄想の永澤さんはこんな感じです。この前の電車でのツンケンはほら、僕のポロッと洩（も）らした呼び名に腹を立てたからだろうし。うん、きっとそうだ！

「やっぱ本番でも変わらずすんげぇー……」

溜め息と共に吐き出す羨望（せんぼう）の言葉。観覧席から見える彼女は、かろうじてその両腕だけだ。でももう大丈夫。きっちりロックオンしたから。

永澤さんのチームの二射目。

なんとか的（まと）に中（あ）てた『大前（おおまえ）』。『中（なか）』は矢を地面に摺（す）らせて外してしまう。『落（おち）』の永澤さんは相変わらずスタァンと中（あ）ててきた。

三射目。

的（まと）のギリギリ上に矢をやってしまった『大前（おおまえ）』。『中（なか）』も焦っているのか、引き下ろしきれないうちに矢が飛んでいってしまった。『落（おち）』の永澤さんは、二人の様子に揺さぶられることなく実に冷静に的（まと）へ矢を収める。うーん、お見事。

ラストの四射目。

残念なことに『大前（おおまえ）』はまた外してしまった。足を揃え、一礼をして的前（まとまえ）から去る。ギリギリで的を破くことに成功した『中』。同様に足を揃え、一礼をして的前から去る。いよいよ『落』の永澤さん。勝手に手に汗を握る僕。

　本来永澤さんの前に居るはずの『落』二人は既に引き終えてしまったらしく、学院大附属の選手は永澤さんだけが残っていた。つまり、ようやく障害物なしにバッチリ永澤さんが見られる。イエーイ！　ああ、こんな不謹慎な僕をどうか叱らないでほしい。

　それにしても。永澤さんの射形には特別なものがある気がする。見る者をうっとりさせる効能だとか、そういうの。ああ、はたしてこの場にいる何人が永澤さんの射に息を呑み心奪われていることだろう！

　止まることのない彼女の動作は、やはりゆっくりと呼吸に合わせて流れている。

　弓を持つ手が回る。鏃が的をとらえる。矢が右頬の前をとおり、口の端でピタリと止まる。キリリとしたまなざしが五秒ほど的を狙い続け、果てに弽の親指が上向きにスッと外れる。

　ズダアンッ――最後の一矢もブレることなく、永澤さんは確実にキメた。

　なんて美しい引き方だろう――僕は言葉を失くしたまま、呆然と彼女の止まらぬ動作を見続けていた。途端に僕たちの後方で拍手が沸き立った。まばたきを重ねて強制的に自分を現実へ引き戻し、慌てて辺りを見回すと、学院大附属の観覧部員が全員大きく手を打っていた。

「やっぱすげぇなー、一年で皆中すんのが約束されてるのなんて永澤しかいないしな」

「経験者で推薦だもん、永澤さん。先生が引き抜いてくれて正解」

どうやら四本すべてを的に中てることを『皆中』と言うらしい。ほうほう、勉強になった。

「青磁、見ろあれ。琢心にゃ悪いけどアイツの比じゃねぇよ。たしかに個人戦優勝するわ」

肩を叩かれ玉野の指す方へ顔を向けると、一八番目の的の左隣にある得点板が見えた。

二段に分かれている得点板は、上が学院大附属三組分、下が錦南三組分。その中から永澤さんの組の得点を探す。

×〇××
×××〇
〇〇〇〇

弓道の得点はとても明確だ。中たれば〇、外せば×。そして、この一八人の中で〇を四つ揃えられたのは永澤さんただ一人だった。そりゃたしかにスゴいの一言に尽きる。

一方でとても失礼ながら、グループとしては『永澤さんのおかげで』平均点になれたとしか思えない。永澤さんがいなければ間違いなくこのグループは下位確定だ。

そうか。永澤さんは、大前と中の女子部員のフォロー要員としてこのチームに入れられていたのかもしれないぞ。グループとして平均は取れるように。しかしそれだと、永澤さん個人の能力を買ってはいても、活かせていないのでは？

単なる〇と×の並びからこんな邪推をしてしまうなんて、はたして弓道が奥深いのか、それとも僕の考えすぎか。

◉

女子の試合が終わると昼休憩になった。観覧席でそのままコンビニ飯を腹に詰め込もうと思っていたのだが、今にもスキップを始めそうな玉野に腕を引かれて観覧席を離れるハメに。

体育センター内の通路を、僕の左腕を掴んだままずんずんと進む玉野。キュッと右に曲がったかと思うと、その通路の片側には茶色いクッションの三人がけベンチが一定間隔でずらりと並んでいた。しかも見たところ満員で、道着の面々が各々で昼食を広げている。いずれも学院大附属と錦南の一年生部員で間違いない。

なぁ、部外者が入っちゃさすがに気まずいぜ玉野くん。そう舌の上で言葉を用意したとき、玉野は僕の腕を離し、自身の頭上で恥ずかしげもなく大きく手を振り始めた。

「うぉーい、マミちゃーん！」

「あーっ、ひーろひーでくーん！」

マミちゃんというのか、玉野の彼女は。そしてコイツはそのマミちゃんに『ひろひでくん』だなんて呼ばれているのか！　クソォ、なんて羨(うらや)ましい！　付き合いたてのラップラブなやり取りをわざわざ見せつけやがって！

「お休みなのに、見に来てくれてありがとね」

小走りに駆け寄ってきたマミちゃんは、そうしてすぐに玉野の右の二の腕に触れた。きっとこういうさりげないソフトタッチがより玉野の心を掴んでいるのだろう。

マミちゃんは、学院大附属の最前列である一組目の『大前』をやっていた娘だ。近くで見てもやっぱり身体の線はすらりと細長くて、一七〇センチそこそこの僕や玉野と向かい合わせで並ぶと大した差がないように思えた。

「なんのなんの。そんでマミちゃん。コイツが例の青磁くんね」

「せ……さ、佐々井青磁、です」

「杉中麻実子でーす」

ペコリとし合う簡素な初対面。マミちゃんはニコ、とするだけでなく、更に「よろしくねっ」だなんて小首を傾げて笑いかけてきた。なるほど、こりゃ愛らしいわ。

「じゃあタマ、また後で。マミちゃんと話が終わったらまた観覧席に戻ってこいな。俺一人でそっちにいるから」

「バーカ、お前もここで一緒に食うの」

「そーそー。佐々井くんのためのお話するんだからっ」

はあ？　と顔をぐんにゃりさせてしまったがもう遅い。マミちゃんの先導でベンチに誘われて、右から僕、玉野、マミちゃんの順で座らされた。仕方がない、さっさと食って二人きりにしてやろう。さすがに身の置き場がない。

「大体のことは大秀くんから聞いてるよ。佐々井くんは、永澤さんのこと詳しく知りたいんだよね？」

　マミちゃんが玉野の向こうから顔を覗(のぞ)かせて僕へ訊ねてきた。思わず飲み途中だったグレープソーダをブハッとやってしまう。危ない、ちょっとこぼしかけた。前腕で口を拭っている僕をよそに、玉野は勝手に「そーなんだよぅ」とヘラヘラ相槌(あいづち)を返している。

「ちょ、タマ待て、お前勝手に――」

「まぁまぁ。とりあえずマミちゃんの話聞いとけってェ」

　ヘラヘラ顔でなだめられても。怒気(どき)丸出しのしかめっつらを向けるも今の玉野にはダメージゼロらしい。相変わらずの春爛漫(はるらんまん)の声色で、マミちゃんに話の続きを促す。

「わたし、永澤さんとはクラス違うし部活くらいでしか喋ったことないんだけどォ、永澤さんのことは何に対しても正直な娘(こ)だなって思ってるよ。一緒にいるとね、弓道のことすんごい好きなんだなーってわかるの。だから自分にストイックで、負けず嫌いで、絶対妥協しないんだ。弓道関わってることだと物怖(ものお)じしないしねぇ。先生とか先輩とか関係なく向かっていっちゃうとこもあるくらいだし」

　それであの綺麗な射形(しゃけい)が成り立っているのか。なんとも納得だ。加えて、的前(まとまえ)のあのクールな感じは部活中の永澤さんの姿そのままだったのかと理解する。

じゃあ僕がこれまで思い描いていた「捩じ込んどいたよ☆」って感じの妄想永澤さんは、マジの幻想ってこと？　この前の電車でのツンケン永澤さんが本来の姿……なのか？　下から睨みつけるようなまなざしをジトリと向けてくるようなあの感じが？　はは、まさか。

「だから永澤さんに話しかけるなら、弓道のことを入口にした方が喋ってくれるかもしれないよ？」

「って言っても、俺には弓道の知識そこまでないしなぁ」

「そーなん？　その割にはやたらと知ってんじゃん」

「まぁ、前に外川から軽く教えてもらったからな。素手で弓引かせてもらったこともある」

「ならきっと大丈夫だよ。永澤さん、弓のこと話題にしたり今日のこと褒めてもらえたりしたら、きっと饒舌になっちゃうよ。普段自分からは滅多に話したがらないから」

「ふーん？　永澤ちゃんは寡黙系かぁ」

なるほど。つまりあのときは咄嗟に言葉が出てこなかっただけなのか。最後に頭をひとつ下げたのは、彼女なりの精一杯のお礼のあらわれだったかもしれない。

「うーん……寡黙っていうより、周りの人たちと会話するの煩わしそう、っていうか。だから、弓以外のことで話しかけにくく思ってる人が多いっていうか」

煩わしそうの一言をなぞりながら眉間が詰まる。簡単に解釈するなら『何事も言葉にして伝えることが面倒くさい』ということだろうか。そうだとしたら、なんだかもったいない。たった一言を言うだけで世界はがらりと変わることだってあるのに。まぁ、僕だって大事なことほど声に出して言えない質（タチ）だけれども。

「わたしたちみたいに気にしない人だっているから、普通にコミュニケーション取れちゃうけどねぇ。佐々井くんもそゆとこ気にしないなら、手始めにメッセージでやり取りしてみたらいいと思うんだ」

「てことは、自分で声かけに行ってメッセージＩＤの交換からってこと、だよね？」

「あは……わたしが許可取りしてもいいんだけど、多分永澤さんがそういうまわりくどいの嫌がると思うんだぁ。話してないうちから佐々井くんの評価下がっちゃうのは、誰にも美味しくないもんねぇ」

　たしかに、と男二人で揃って頷く。

「大ー丈夫っ！　永澤さん、耳はちゃんと聞こえてるし、ちょっと言葉強いときあるけどそれも彼女の持ち味だからぁ」

　にこーっと笑顔のマミちゃんが、なんだか聞き捨てならない発言をした。「ちょっと待って」と玉野が先に口を挟む。

「『話すの煩（わずら）わしい』とか『耳は聞こえてる』とかって、もしかして喉（のど）に障害ある、とかなの？」

「違う違う。そういうワケじゃないんだけど――」

　永澤さんは、どうやら声を発することを数年やめているらしい。

　何らかの精神的ショックから、ある日突然言葉を話せなくなることや、声を出せなくなることがある。それを一般的には失語症と呼ぶが、本人は否定しているのだとか。

「わたしが本人から聞いたのは、『中学の頃から声出すのやめてるから』ってことだけなんだ。なんか、それ以上踏み込んでくるなって感じがビシビシわかっちゃって、声に関してはそれっきり……」

そう弱々しく笑うマミちゃんの気持ちはよくわかる。だってそうだろう、「何があったの？」とか「検査したの？」なんて、わざわざ『やめる』までした人に向けて根掘り葉掘り訊くことほど無礼なこともない。

「けどね、永澤さんはいつもスマホのメモ帳に言葉を打ち込んで見せてくれるから、わたしたちはそれ読んで会話してるよ。通話アプリの感覚と変わんないし。さっきも言ったけど耳は聞こえてるから、わたしたちも普通に話しかけてるし。でも返事するときは、いちいち『打ち込み』しなきゃいけないから、『答えるのが面倒だ』って言ってたかなぁ。テンポが悪くなること、本人が一番気にしてるっぽいんだよねぇ」

そうか、とようやく合点がいく。

スマートフォンを取り出し、画面をつけ、メモ機能を起動させ、「助けてくれてありがとうございます」と打ち込み、僕へ見せる。そこまでが永澤さんの「お礼の言葉」になるんだ、たしかに一方的に待たせてしまうことを気にするかもしれない。初対面時ならなおさらだ。

永澤さんのことを何も知らない相手が突然スマートフォンの画面を突きつけられた場合「どうして口で言わないの？」なぁんて訊くのは当然だ。そして十中八九、永澤さんはそれを嫌だと思っている。

　声を出さないことで、嫌な想いをすることだって少なくないはずだ。それでも永澤さんは、何かしらの事情で声を封じ続けている。声を出さなくなったきっかけも気になるところだが、嫌な想いをして声を出すのをやめたのに、そのせいで更に嫌な想いをするなんてあんまりだろう。

「青磁、どうするよ」

　玉野に肘（ひじ）で小突かれてハッと我に返る。いつの間にかぼーっと膝頭（ひざがしら）を眺めていた。「どうするっつったって」と小声で玉野を向く。

「『喋んない』とか、正直リスクじゃね？　長い目で付き合ってくこと考えたらお前――」

「本人が聞いてなくてもそーやって貶（けな）すな」

　訊かれたところで、僕だってまだ整理がついていないんだ。自分自身のことすらわからないことだらけなのに、ワケアリの永澤さんとどうなりたいかなんてすぐに答えなんか出ない。

「と、とりあえずマミちゃん。いろいろ教えてくれてありがとう。永澤さんにＩＤ訊くとか、結局どうなりたいかとか、ぶっちゃけすぐに決めらんないんだ。だから俺もちょっと考えてみる」

「でも今日逃しちゃったら、直接永澤さんと会えるチャンス、この後ないと思う」

　さっきの重々しい雰囲気とは打って変わって、けろりとしたマミちゃんがどことなく楽しそうに小声で告げる。僕と玉野が「なんで？」と声を揃えてマミちゃんへ首を傾（かし）ぐ。

「永澤さん、弓が一番大事だからね、プライベートで誰かと会うとか遊ぶとかしないんだって。あ、これは本人談ね」

ということは、あとになって決めたところでもう手遅れということだ。永澤さんがわざわざ見知らぬ僕に時間を割くとは考え難い。

ということで、期せずして選択肢がひとつきりになった。

◉

一五時になる前に練習試合のすべてのスケジュールが消化された。

枝依体育センターの出入口付近のベンチのひとつで立ったり座ったりを繰り返していた僕は、学院大附属高と錦南高の弓道部員たちがゾロゾロと出ていく人波の中に永澤さんを捜していた。もちろん一人で。だって、玉野はマミちゃんと帰るんだとかで既に体育センターを出てしまったから。

「いいか青磁。だったらくれぐれも、永澤ちゃんに『珍しいから声かけてきた』とか思われねーようにしろな？　『声出さない』のを貫いてんのなんて相当なことがあったってこったろ。な？　だからあくまでも誤解ないようにするには、弓のこと一点だけで攻めるんだぞ！」

「わーかったって、しつこいな。あと声がデカい」

玉野から八分前に受けたこのアドバイスを脳内でエンドレスリピートしているが、それにしてもソワソワと落ち着かない。それがための『立ったり座ったり』なワケです。

ちゃんと声をかけられるだろうか。変に声が裏返ってしまったらどうしよう。それ以前に、僕が初対面の女の子——それも羨望(せんぼう)している娘(こ)と一対一(タイマン)でまともに話が出来るのか？

人波が落ち着いて、出入口付近を通る人がピタリと居なくなる。……あれ？　永澤さんは？　慌(あわ)ててベンチから数歩離れ、出入口の自動ドアの延長線上にポカンと立ち竦(すく)む。

「ウソ、見逃した？」

永澤さんの身長なら他の人たちに紛れてしまってもおかしくない。なんてこった、もしや見逃したのだろうか。あんなにソワソワと永澤さんの姿を捜してい——

「おわっ」

クンッ、と左腕を後方へ引かれた。衣替えしたばかりのブレザーの袖だ。怪訝(けげん)に思い、左回りに振り返る。

「な、永澤、さん？」

僕の左袖を引いたのは、永澤さんだった。小さな顎(あご)を引いてきゅんと口を結んでいる姿は、先週の電車での彼女と重なる。しかし、右手にスマートフォンのみ携(たずさ)えた道着姿という超絶軽装備。

ジイと三秒間、永澤さんは僕の目元を凝視(ぎょうし)した。な、なんだか見透かされるような気さえするまなざしだ。

パタリと瞼(まぶた)を伏せたかと思えば、右手の親指のみで自分のスマートフォンへ『何か』を打ち込んでいく。これがマミちゃんの言っていた『永澤さんの発言の仕方』だろうか。それにしても、僕の左腕の裾を掴んだまま離す様子がないのはどうしたものか。

『この前　電車の降り口で　助けてくれたひと　ですよね？』

打ち込み終わってすぐにその画面を僕へ見せてきた永澤さん。ぐりんと向けられた文字フォントまで小さめで、初見だとちょっと読みにくい。

「えっ。あぁ、ハイ」

咄嗟（とっさ）に声で返答する。普通の会話をしているのだからそうするのが筋だろう。マミちゃんだってそうしていると言っていたし。返事を聞くなり、僕へ向けていたスマートフォンの画面を再び自分へ向け直し、改めて文字を打ち込んでいく。親指だけのフリック入力なのにめちゃめちゃ速い。手慣れすぎていて、親指だけがまるで別の生き物みたいだ。

『あのときは　ありがとうございました』

「あ、いや、別に。気にしないで」

そら見ろ。な、言ったろ？　本来の永澤さんはちゃんと『礼儀』を重んじる人なんだよ。だって武道やってるんだよ？　武道はそういうのを学ぶんだって外川も言ってたもん。ハイ、妄想（イマジナリー）の大勝利。僕は間違ってなかった！

というか。何が『テンポが悪くなる』だ、フリック入力が早すぎて普通の会話と大して変わらないじゃないか。しかも近くでよく見たら、永澤さんはやっぱり美人でかわいい。こんな美少女に掴まれて見つめられて緊張しない方がおかしい！

濃い黒茶の双眸（そうぼう）はコロンと丸く、同じ色の髪の毛は光沢感のある艶（つや）を纏（まと）っている。ゲスい着眼点だが、全体的な凹凸（おうとつ）は控えめで『美人』よりも『かわいい』の形容詞が似合う。血色のいい唇は厚みこそないが形がいい。小さいながらもスッととおった鼻筋、きめ細かい肌、うっすら桃色の頬はまるで化粧（メイク）をしたみたいだ。首筋も細い、背筋もしゃんとしている。ンンン、圧倒的にビジュアルがいい！

　いうなれば『推し』というのはこういうことなのだろうか？　一目惚れが未経験な僕は『推せる』といった感情がまったくわからない。だから玉野に「一目惚れしたのか」と訊かれても否定したし、長年『推し』がいる外川の話をいつもわかってやれない。

『なにか私に　ご用でしたか』

　独りで勝手にどぎまぎしていると、くるりとそんな画面を向けられた。頬がどんどん緩んでいきそうなところをグッとこらえて画面に集中する。

『直接でなく　コソコソ嗅ぎ回るようなまわりくどいことしてまで　私と話したいことって　なんでしょう』

「ぬわっ」

　なんて言い草だ、と言いかけて口を噤（つぐ）む。永澤さんは追加を打ち込んで見せてくる。

『違うんですか？　私と話すために　部員の女子に　サグリいれてたって聞きましたケド』

「さ、サグリなんて……そういうんじゃないよ。俺は今日、友達の付き添いで来て、えと」

　また瞼（まぶた）を伏せてフリック入力。顔色ひとつ変えない永澤さんはミステリアスそのものだ。掴まえられている左腕だってなかなか解放してもらえない。

「たし、たしかに友達の彼女に、永澤さんのこと教えてもらったよ。だから永澤さんと話してみたいなって思ってたのはホントで――」

『まぁ　なんでもいいです　私に用があるのに　直接でなく　外から声かけようとするようなひとは　信用なりませんし』

打ち込んでいる間に弁解のひとつでもしておこうと思ったが、その途中で画面を向けられてヒュンと言葉を呑んでしまった。今の永澤さんはクールでミステリアスなのではなく、怒っているのだと理解したからだ。

『そもそも　冷やかしまじりの色恋沙汰とか　一番面倒なんで　こちらからはっきり申し上げようと思って　私も　アナタを捜してましたから　手間が省けました』

読み進めれば進めるほど、一分前まで浮かれていた熱が引いていく。心臓の鼓動がさっきとは違う意味でドクドクと打ち鳴っている。

『どうですか　他人巻き込んで　私のこと訊いて　まわってラクできましたか　こうして私の反応見られて　楽しかったですか』

「ちょ、ちょっと待って。俺マジでそんなつもりじゃなくて」

『それとも　私が声ださないのが珍しいから　見世物（ミセモノ）感覚ですか　このやりとりを　ご自身でやってみたかったんですか』

「……は？」

　珍しいから、ってなんだよ。

『どうですか　面倒で気味悪いですか　付き合うやつの気がしれませんか　ええそうですね　よく言われますし　自分でもわかってます』

　見世物感覚ってなんだよ。面倒で気味悪いとか、付き合うやつの気がしれないとか……自分でもわかってますってなんなんだよっ。

「そんなこと微塵も思ってない！」

　たまらず声を張ってしまった。誤解されることに対してだけはどうにもカッとなってしまう。しかし、ギリリとしている僕に構うことなく、永澤さんは画面を自分へ戻してフリック入力を始めた。やはり数秒で仕上げて僕へこうして向けてくる。

『じゃどうして　わざわざ他の人に　私のことを訊いたんですか　やましいことがないなら　当人に話しかけなきゃ　始まりませんよね　どんな用事だろうと　私だって　ひとまず話くらい　聞きますけど　それとも　他のひとのほうが　私のこと知ってるとでも？』

　表情ひとつ変えない永澤さんのその意見は、たしかに間違っていない。実際、自分から直接声をかける自信がなかったし、玉野と外川がよく僕のことを『知りたがりのわりには踏み込むこと怖がるタチ』だと評するのも間違っていない。加えて永澤さんに一目惚れした自信も自覚すらなくて、でも何を理由に話しかけていいかまったく思いつきもしなかった。それでもなお、僕は永澤さんと話すことで何かに踏み込めるかもしれないと思ったんだ。

『昼休みのとき　私も休みでした　あのとき　何もやましくないなら　まわりの目なんか　気にしないで直接私に声かければ　よかったじゃないですか　アナタは自由に　声が出せるでしょ』

　あぁ、最悪だ。僕は間接的に永澤さんを傷付けてしまったんだ。曖昧で踏ん切りのつけられない僕の気持ちが、憧れを抱いたまさにその人に不快な想いをさせてしまうだなんて。

「永澤さんが声出さないこと、俺も友達もさっき知ったんだ」

　フー、と自分を落ち着けるために深呼吸をひとつする。顔を俯(うつむ)けたのは永澤さんの刺すような冷たい視線から逃れたかったからで間違いない。

「でも、そのことで永澤さんに話しかけたかったワケじゃない。そのことで永澤さんに興味持ったワケでもない。まして冷やかしとか軽い興味本位でなんて、間違っても思わないよっ」

　反論があるらしい、永澤さんはやはり右親指のフリック入力で文章を打ち込み始める。だがその間も僕は永澤さんへ弁明を続ける。

「この前の大会で個人優勝決めた永澤さんのあの最後の一本に、ぶっちゃけめちゃめちゃ憧れたんだ。『かっけぇー』って、つい声出たし。それから忘れられなかった、永澤さんのこと」

　ピタリ、フリック入力をする親指が止まる。

「弓の引き方とかまなざしとか、永澤さんから滲(にじ)むものが、なんか漠然(ばくぜん)と全部スゴいって思ったんだよ。永澤さんだけがあの場で違う雰囲気に……特別な雰囲気に見えたんだ、俺には」

フリック入力が再始動。うーん、信じてもらえていない、よな。仕方がない。僕は根負けせず言いたいことを感情の赴くままに吐き出していく。

「なんでこの人こんなにスゴいんだろって思ったら、弓引いてるとこをもっかい見たくなった。それで友達と一緒に今日、部外者だけど、見に来たワケ、です。マジで下心ではなく」

固く握りしめていた僕の右拳が震えている。『本心をぶちまけると感情が昂って震える』とよく漫画とかアニメで見るが、こういうことかと納得だ。

「あ、そうだ。あの日電車で助けたのも偶然。マジで偶然。永澤さんだってわかってて助けたんじゃなくて、引っかかって困ってる人がいたから咄嗟に助けた、みたいな。でもあのとき口利いてもらえなかったから、俺失礼なこと言ったかもなって、ちょっと気にしてたっていうか。だからムカつかれても当然かな、って反省してた。その話もちょっとできたらいいなーって考えてた。正直」

どうにか誤解は解いておきたい、僕はキミを傷付けたり不快にさせたかったわけではないんだと。声を出さないことに対してだって、既に大してなんとも思わずにいる。

永澤さんは永澤さんだ。たとえ他人がどう言おうとも、僕の憧れた永澤さんは決して接しにくい人なんかではない。

『練習試合だろーと　地区大会だろーと　一番になるのは当然です』

足の先に目を落としていると、フリック入力が終わったらしい画面をスッと差し込まれた。

『私の弓道歴と　練習量は　高校の部活で　初めて弓を触ったようなひとたちとは　比べられないくらい

やってきてるんです　けど――』

部員が見たら激しく非難されかねない文言だなぁ、と思いつつ続きへ視線が動いていく。

『――カッコイイとか　忘れられなかったとか　とくべつとか　言ってくれて　アリガトウ　だいぶ照れくさいけど　だいぶうれしいです』

「う、っん……まぁ、うん」

カアッと顔に熱が集中したようだ。慌てた僕は、右手で自分の短い前髪に触れる。だって、永澤さんがスマートフォンをこちらに向けながら頬を真っ赤に染めて俯いているんだから。僕が読んでいる内容を察知して改めて照れているんだろう。

ススス、と少しだけスクロールした永澤さん。打ち込んだ文章にはまだ続きがある。

『助けてくれたとき　別に　怒ってたわけじゃないです　むしろ　助けてくれたアナタにきちんとお礼言えなくて　すみませんくらい　おもってました』

「そう、だったんだ?」

『私　声ださないから　お礼すぐには　言えないです　すれ違いの人なら　会釈ていどで終わらせて　陰口とか悪態つかれても　ムシすることに決めてるんで　どんだけ悪く言われたって　気にしないようにしてますから　べつに平気です』

「そん……」

平気ではないんじゃないだろうか。なんとなく、文字の羅列からそんなふうに感じ取れる。

『あのときも　事情知らなかったとはいえ　アナタは弓道を軸に　私を見てくれてましたよね　しゃべらないことじゃなくて　弓道を軸にしてくれた　それ　すごくうれしかったです　だからアナタのこと　私もおぼえてました』

そう、あのとき僕は、永澤さんのことを『女子個人で優勝してた人』という認識でいた。それがむしろ永澤さんにとっては嬉しいことだったってワケ？

『私　単純なので　ちょっとアナタを　許せてしまいました　ほんとにちょっとだけです　クッキーのカスくらい　ちょっとだけ』

「プッ、なにそれ」

比喩が面白くてつい頬が緩んだ。するとつられるようにして、永澤さんも一瞬――ほんのまばたき一回分くらいだけ、そっと口角を上げてくれた。

『だからアナタの話　ちょっとくらいなら　信じてあげてもいいと　おもったです』

「えっ、そ、それって……」

僕はゴクリ生唾を呑んで、向けられていたスマートフォンから顔を上げる。掴まれていた左袖がスルリと解放されたが、そっちに意識を割けそうにない。

だって、永澤さんがもう一度薄く笑ってくれたから。

体育センターの吹き抜けガラスの高い位置からたまたま夕陽のオレンジ色が射し込んで、永澤さんのその薄い笑顔にコントラストをつけた。明るいオレンジと影色の対比。そのおかげで他の何よりも価値の高い宝石のように見える。

『こんなふうに　会話するのが　面倒じゃなかったり　色恋沙汰抜きでよければ　お望みどおり　弓道と向き合う私が　どうやってカッコよくなってくか　近くで見てみますか』

ぞくぞくぞく、と鳥肌が背筋を下から上へかけ抜けて、僕は僕自身のことと同じくらい永澤さんのこともっと知りたいと強く思った。

◉

永澤さんに促(うなが)されて、僕は永澤さんと無料通話アプリのＩＤ交換を成し遂げた。やったぞ、わっほーい！　あ、ご安心を。こうしてはしゃいではいるが外側は無表情(クール)を保っています。

無料通話アプリのプロフィール画面に表記されている『新しい友達』の欄。そこに加わった見慣れないアイコンについついニヤニヤしてしまう。永澤さんがアイコンに設定してあるこれは何だろう？　オレンジ色で、ドーナツ状の何かしらの写真なのだが、僕の生活圏内で見たことがないということは弓道の道具かもしれない。

『じゃ　私あっちなんで』

それの正体を思案(しあん)していると、永澤さんはそんな短い文言を打ち込んだ画面を見せながら、弓道場の方を指差していた。僕がハテナを浮かべていると、永澤さんは追加で文字を打ち込んでいく。

両手が自由になった今は、左手にスマートフォン、右人差し指でフリック入力の連携プレイが叶っている。そして案の定速い。今回も一〇秒もかからなかった。

『もう少し引いてから　帰ります　自主練です』

「あぁ、なるほど。だから道着のままだったワケね。ホントに弓引くことが好きなんだなぁ」

へこりと小さく頭を下げた永澤さんがえらく素直で、ふにゃと頬が緩んだ。

『見ていきますか　自主練』

「えっ、いいの？」

『いまなら　観覧席　きっと特等席ですよ』

とく、とう、せき——そのたった三文字にとんでもなく特別感を感じてしまって、ついついゴクリと喉が鳴る。

だが残念なことに、二〇分前まで居心地のよかった観覧席は既に閉められていた。弓道場が見えるガラス窓にはすっかりシャッターが下りていて、観覧できないようになっている。これではただのフリースペースだ。僕が観覧席に着いたとき、永澤さんは既に弓道場へ向かってしまっていたので、「断りを入れなければ」と肩を落としたまま通話アプリのチャット画面を開く。はぁ、弓を引く永澤さんが見られないだけでなく、チャットでの初会話がこんな事務的な内容になってしまうなんて。

『佐々井青磁(ささいせいじ)です！　今観覧席来たけど閉められてたわ……マジ残念すぎる！』

そう送信して約二〇秒。つけっぱなしの画面が自動消灯する前に永澤さんから返事が返ってきた。

わっ、うわっ、わーっ！　と、なぜかド緊張の爆速心拍。

『永澤椎乃です　私もいま道場から見ました　残念でしたね　ではまたの機会に』

ま、そうですよねぇ。部外者の僕が「道場の後ろから眺めてもいいよ」なーんてことにはならないですよねぇ。

ていうか。永澤さんの下の名前って『椎乃』ていうのかぁ。やーっと知ることができた。イエーイ、ハッピー！　無理矢理気分を上向けて、観覧席をくるりと後にすること三歩。スマートフォンがヴーヴヴと震えた。反射的に食い入るように画面を見る。

『そういえば　佐々井さんは何年ですか』

そうだった、自己紹介らしい自己紹介を僕たちは交わしていない。僕は永澤さんの名字と学年と在籍校をあらかじめ知っていたが、永澤さんからしてみたら僕はどこの誰でどこ校に通っている何年生なのかわからないんだった。そりゃ余計に不審に思うよね?!　うわぁ、なんてこった。弁明に必死になりすぎて最低限のマナーすら無視してしまうだなんて！

『ごめん、俺永澤さんに何も伝えずにいたね？　マジ怪しいよなー。

制服でわかったかもけど、俺は城修の一年です。ちなみに部活もバイトもやってません。得意な教科も得意なことも趣味らしい趣味もなーんにも無いので、いろいろ絶賛探し中です』

『なんだタメか　じゃあセージって呼べるし　敬語はいらないね』

どうしよう。よくわかんないけどキュンときた。永澤さんて中身も爆かわいくない?!　そうだよね、いらないいらない。ズルズル気まずくなる前に敬語なんかさっさと取っ払っちゃおうぜぇー！

すぐに『そうだね』と返信したスマートフォンを胸に抱きながら感動を噛み締めていると、再度ヴーヴヴと震える。

『これだけ訊いときたいんだけど　どうして私なの？　私と　なに話したいの？　地区大会のとき　皆中（かいちゅう）してるひとなんか　他にもたくさんいたし　憧れるなら　主将クラスのひとのが　個人的に納得いくんだけど』

うっ、ド直球ストレート。見事胃のド真ん中にぶっ刺さる。うーん……とその場で頭を掻いてしゃがみ込んだ僕は、ものすごく答えに迷っていた。

簡単に言えば『惹きつけられた』なのだが、それは一般的に『一目惚れ』であって、僕の気持ちとしてもたしかに違いないだろう。だから僕は永澤さんに興味があるし、外野意見だってたくさん聞いていられたワケだ。ならば、永澤さんにも僕を好きになってもらいたいのだろうか？　だがそれだと約束した『色恋沙汰抜き』から逸脱（いつだつ）してしまう。

わーもう、ぐるぐる考えるのは僕の悪い癖！　ひとまず、出来る限りを言語化してみよう。

『さっきと言ったことちょっと被るんだけど……

俺、永澤さんが弓引く姿にすんごい惹きつけられたんだ。永澤さんが一本引く間にいろんなこと感じ取れて、考えさせられて、マジでびっくりした。他の人が引いてるとこ見てもとくになんとも思わなかったのに、永澤さんだけはなんか、ずっと見てたいなーって。極めてる感じがかっこいいなーって』

僕の語彙力の乏しさたるや。恥ずかしすぎて読み返さないまま一旦ここで送信。

『俺、何か極めたりとかしたことないし、したいと思うものにも出逢ってないからさ。そういうの持ってるみんながすんげーうらやましいんだよね。なかでも永澤さんからはうらやましい通り越して、射を見てるだけで俺の得意なもの見つかるんじゃないかな、みたいな。分野外にも影響及ぼすんじゃないかと思えるような波動？　もらった気がして』

波動って何だよ、まるで宗教勧誘みたいじゃあないか！　とすっかり送信してしまってからセルフツッコミ。しゃがんだ姿勢からガバッと立ち上がり、ワタワタとその辺をウロウロする僕。一気に顔がぽっぽしてきて脇汗が滲む勢いだ。

『ふーん』

ものの三〇秒足らずでそんな簡素な相槌が返ってきた。ド、ドライだよなぁ、永澤さん。

『セージって　ひやかしとか下心とか　そういうチャラチャラしたやつ起因じゃないって　なんとなくわかるね　ほんとにちょっとだけだけど　クッキーのかすくらいちょっと』

またそれか、とクスリ。加えて偏向的にとらえられなくてよかった、と胸を撫でおろす。

きっと永澤さんは、以前そうして近付いてこられたことがあったのだろう。そのときにきっと嫌な想いをしたのかもしれない。だから『色恋沙汰抜き』なのだ。だったらせめて僕だけでも、永澤さんの傷口をわざわざ抉るような真似はしたくない。

『ま　そゆことなら　さっきまわりくどいことしてたことも　許してあげなくもない　しょうがないケド』

『ありがと。永澤さんが信じてくれて嬉しいです』

『別に……　ていうか　いつまで名字呼び？　セージは変えないの？』

『えっ、いいの?!』

『いいもなにも　そのくらい　セージが自分で決めることでしょ』

『えと、じゃあせっかくだから、下の名前で呼びたいかな、と思うけど、どうかな。ダメなら断ってね、永澤さんが嫌なことはしたくないから』

丁度『永澤さん』と呼び慣れつつあるのだからこのまま『永澤さん』でいいのかもしれないが、それだとゆくゆく他人行儀になりそうだ。加えて永澤さんに戴いたチャンスは前向きに活かしたい。

後悔事例として、玉野や外川に対しても結局名字で呼び慣れてしまったがために、かなり仲良くなった今でも僕から呼ぶときは名字呼びになっている件がある。玉野は僕を始めから下の名前で呼んでくれるし、外川なんか自由に愛称を付けて呼んでくれている。二人のように僕も始めからフランクにいけばよかった、と後悔しているところです。

『セージはもっと　自信持ったほうがいい　相手にばかりゆだねず　流れに任せすぎず』

うーむ……簡単に言ってくれるが非常に難しい問題だ。きゅんと眉間が詰まるも、返事を読み進めたいと眼球が勝手に動く。

『今日のたった数十分間しか　セージと話してないし　セージのことなんにも知らない身分だけどさ　良

くも悪くも　周りの目とか意見を　セージは気にし過ぎなのかもね』

「周りを、気にし過ぎ」

『万事自分自身がいいと思ったら　それでいいと思う　セージは悪いことしてないワケで　そういうのは自分勝手にあたらなくない？』

　永澤さんの言うとおりだ、そして既に見透かされているのだろう。『何も無い僕』はつまり『自信すら無い』のだ。自分の意見が通ることを念頭に置かないことに慣れきってしまっている。そこから脱したくて、僕も『何者か』になりたいと願う。だからこそ、既に何者かであるみんなのことが羨(うらや)ましいのだ。

　誰かを真似た価値観を自分の中に見出(みいだ)せない、と腐るのでなく、僕は僕という『ありのまま』でいい――そう永澤さんは言ってくれたのだろうか。それなら、なんだか嬉しい。

『なんかありがとう。はっとした。じゃあこれから椎乃って呼ばせていただきますっ』

　打ち込み次第すぐに送ってしまったけれど、今度は胸がスッとしていた。「恐る恐る接することなんかない」と、永澤さん改め椎乃に教えられたような気がしたから。

『ま　私の見立てが間違ってれば　セージはばかみたいに自己中　ってことになるけどね』

『なんだよそれ、噴いたんだが』

『笑えたなら　ちょっとは気持ち　ラクになった？』

　そう送られて、思わず悶絶(もんぜつ)。なるほど、会話の押し引きは緊張ほぐしだったのか。

ふおぁ、優しい。なんかわかんないけどさっきから椎乃が優しい気がしない？　自主練習を見学できなかったことは残念なのに、思わぬ椎乃の優しさにたくさん触れられたことはラッキーなのでは？　不幸中の幸い、プラマイゼロ、むしろプラスでかつＳＳＲ（スーパースペシャルレアリティ）を引き当てたくらい！

『じゃ　自主練やってくるから　メッセ切る　セージは油断せず　気を付けて帰るように』

『ありがと。椎乃も今日は朝から引いてたんだし、自主練も怪我しませんように』

『誰に言ってるわけ　ありえないから　今年で弓道歴四年目なの　加減もわかんないようなズブのシロウトと　一緒にしないで』

　メッセージ切るんじゃあなかったのかよ、とツッコミを入れつつ、椎乃の語気強めの文言にソワアと気が逸（はや）る。

『まぁ　気を付けマス　心配してくれて　アリガト』

　後悔から左手で頭をガシガシしていると、その隙にとんでもない『デレ』を投下されてしまった。思考停止、からの、僕の心が無事爆散。なんだよ永澤椎乃。やっぱりツンデレかよ！　あーもう、胸が苦しくなるだろーが、チクショウ！　いやいやダメだって。色恋沙汰抜きなんだから。

　悶絶（もんぜつ）のあとで、僕は「頑張ってください」のポップな文字で飾られた脱力感満載なたぬきのスタンプを押して、スマートフォンを制服の腰ポケットに捩（ね）じ込んだ。

　顔の火照りと真っ赤の色を、今日の夕陽に吸い取ってもらいたいと切に願った。

# 3　手探りの関係性と走れば縮められる距離

週明け月曜日の朝。我が城修高校の校内は高揚的なざわめきで落ち着きがなかった。なぜなら、今日からイレギュラーが始まるから！

「あー、やっと来た。青磁クン青磁クンっ。ちょっとお兄さんたちのとこ来なさい」

教室に入るやいなや、外川と玉野が大声で僕を呼んだ。背負っていたフラップ型リュックを自分の席にドサリと置き、露骨に訝しんで「なんだよ」と二人の元へ割り込めば、途端に肩をロックしてきた外川に「セイちゃんの話が聞きたいなぁ」と囁かれた。マズいぞ、細身のわりに一七七センチもある外川にこうされて抜けられたことなど今まで一度もない。しかもなんだか前よりも筋肉質になってきていないか？　外川ってこんなに胸板厚いっけ？　弓で胸板育つの？

「土曜の練習試合、やっぱりタマと見に行ったんだってぇ？　で、どうだった？　永澤ちゃんと話できた？」

ニヘラァと笑う外川へ「まぁ、それなりに」とゴニョゴニョで返す。

「それがさぁ、聞いてよ琢心。青磁なぁー」

「待て待て待て、勝手に話すなってっ」

頬杖をついて余裕ぶる玉野の口元を左掌（てのひら）で押さえつけて、色やら尾ひれがつくのを阻止（そし）。玉野が「モガガ」と呻（うめ）くのを横目に、ざっくりと事の顛末（てんまつ）と現在の状況説明を二人へ行（おこな）った。

あのあと、椎乃の自主練習見学が叶わなかった僕はそのまま独りで帰宅。自室に戻って部屋着に着替えた頃に『自主練終わりました』と椎乃からメッセージが入った。以来、何か送れば返事が返ってきて、また送り返せば返事を待ってのゆるいラリーを続けている。

　このくらい普通のことだろ、と思われるかもしれないが、この僕が、ほぼ初対面の、それも女の子と、こんっなに途切れることなくやり取りが出来るだなんて、僕自身だって信じがたいしスゴいことなんだよ！　……まぁ、まだたった二日だけど。

「――てことで。俺と永澤さんは友達としての仲を深めているところです。これまでのご協力には多大なる感謝を申し上げますが、永澤さんは非常にデリケートなワケでして、ゆえにそぉーっと見守ってくださるとありがたいのであります」

「そっかぁ、ひとまずよかったねーぇ。セイちゃんも前進してるんじゃーん」

「フフフ、どもども」

「てことはぁ、タイミング的にもいいよねぇ。タマはマミちゃん呼ぶんでしょ？」

「当然。一緒にまわりますわよ」

「だったらセイちゃんも、永澤ちゃん呼んで案内したげたら？　ビッグイベントなんだしさ」

　そう、ビッグイベント。きたる一一月第一週目の金、土曜日は、我が城修（じょうしゅう）高校の文化祭が予定されている。冒頭のイレギュラーとはこれのことだったってワケ。

一〇月第二週目の月曜日である今日の放課後から、クラスの文化祭役員が中心となって出展物の制作作業が始まる。帰宅部の僕と玉野が注力するのは、クラスの展示物のみ。向かいの空き教室を、まるで異世界と思えるほどに飾りつけをしまくって、内外問わず一人でも多くに楽しんでもらえるようクラス中で画策(かくさく)している。

出展内容は『縁日(えんにち)のゲーム露店(ろてん)』。教室を四つのブースに分けて、四種の簡単な露店を作る。

これは先週なかばに決まり、既に生徒会と運営委員からOKが出たところだ。「特段この作業が得意！」というものがないのが僕の残念なところだが、わいわいと作業して創り上がっていくのはものすごく心が弾む。

放課後になると、どこのクラスでも文化祭の準備が本格的に始まった。朝から隠しきれていなかったわくわくと共に道具や材料のお披露目を各々(おのおの)が好き好きに成しては、文化祭役員の三人が相談を交えつつ指示を出して、作業を始めていく。間もなく楽しげにがやがやする校内の様子を見聞きして、本当に文化祭が始まるんだと気が逸(はや)る。もちろんポジティブな方向に！

『おつかれ　私はこれから部活　セージは帰り？』

作業のために制服から学校指定ジャージに着替えていた僕は、ジャージの腰ポケットで低く唸(うな)ったスマートフォンに手を伸ばした。取り出して送り主を確認すると、なんと椎乃から。

それまで床に五面分の新聞紙を広げていた僕は、光の速さで正座に切り替わり、背筋を正して前のめりに返事を打ち込んでいく。

『お疲れ！　俺は文化祭の準備が始まって、今週からガッコに残る日々を送りまーす』

おし、やる気充電完了。これで放課後の二時間や三時間、頑張れるぞ。椎乃も部活が始まるみたいだから邪魔しないように……そう思った矢先、再び椎乃からメッセージがコロンと届く。

『文化祭？　近々あるの？』

意外、食いつかれた。目を丸くしながらも返事を打ち込んでいく。

『うん！　11月の第1金曜と土曜だよ。よかったら椎乃も来』

そこで、しかし僕の手が止まった。たしかに朝も外川が言っていたように、椎乃と文化祭をまわることができたらどれだけ楽しいだろう。想像しただけで浮足立つ。

だが問題が二点。

ひとつは『何という名目で誘えばいいのか』だ。「二人ないしグループでまわろう」などと誘うと、途端に「キミに恋愛感情を寄せています」とかそういう下心的な部分を誤解されないだろうか。……まぁほぼ僕はそうなのだが、それを知られるにはタイミング的に早すぎるし、約束した『色恋沙汰抜き』から逸脱（いつだつ）してしまう。誘った途端に縁切りなんて悲しすぎる。

もうひとつは、マミちゃんが言っていた『プライベートで誰かと会うとか遊ぶとかしない』についてだ。そりゃ仲を深められさえすれば難なくクリアできる問題だろう。だがまだ話し始めてから間もなさすぎる。結局こっちにとっても『タイミング的に早すぎ』なのだ。

　だからといって頑（かたく）なに誘うことなく、なのに文化祭のことを話題に出し続けるなんて、不自然さが蓄積されやしないだろうか？　今後一か月間は大なり小なり文化祭の話に触れることになる。たとえ僕がその話をせずとも、マミちゃんはじめ城修（じょうしゅう）高校と繋がりのある人からその情報が椎乃に届いてもおかしくない。

「セイちゃんどしたの？　なんかグルグルしてる？」

　言われてハタと我に返る。真新しいペンキ缶とハケを手にした外川にジロジロと見られていた。慌（あわ）てててスマートフォンを腰ポケットに捩（ね）じ込み立ち上がる。「や、まぁ、そ、あの」としどろもどろになりつつ、ペンキ缶とハケをひとつずつ受け取った。

「委員長が、オレら三人でこれ塗れってよ。で？　永澤ちゃんは文化祭どーするって？」

　外川の後ろからヒョコと顔を覗（のぞ）かせた玉野も、真新しい木の板を複数枚抱えていた。

「なぁんだ、セイちゃんさっそく誘ったんだ？　じゃあ悩まなくていいじゃーん」

「いや、まだ誘ってない、けど、なんつって誘ったらいいもんか迷ってる段階っていうか」

　僕がゴニョゴニョとする傍（かたわ）らで、二人はあらかじめ広げておいた新聞紙の上にバタバタと一枚ずつ木の板を並べていく。

　木の板を前に、右から僕、玉野、外川の順に床に座り、指定された作業を開始。手始めに玉野が床の新聞紙の上方中央に図面を置き、四箇所の角には重石としてガムテープやらハサミやらを乗せて止める。真新しいペンキ缶の蓋（ふた）は異様に固く、なので開封の儀は三人仲良く指先を痛めた。

「別に簡単だろ。『一緒にまわんねー？』ってメッセで送りゃ終わるじゃん。それの何をそんなに悩まなきゃなんねーワケ？」

　カパッと音を立ててペンキ缶の蓋を開けた玉野に問われて、その拍子に僕のペンキ缶の蓋も同じように開いた。

「タマはそーやって、誰彼構わずちゃっちゃと誘えるからいいけどさ。俺は、その、色恋沙汰抜きの関係で進まなきゃなんねーワケで」

「お前、すぐにオレを女好きにすんなよな。つーか何？『色恋沙汰』？　急に小難しい言葉使うじゃん」

「いや、椎乃がそう言うからそのままの流れで、なんとなく俺も使ってるっつーか」

「ほんほん、なるほどねぃ。そんで？　セイちゃんと永澤ちゃんはどーしてそんな頑なに恋愛未満を行こうとするの？　セイちゃんは別に女の子と付き合いたくないとかそういうワケじゃあないよね？」

　もちろんだよ、と返答しにくい質問だが、正直なところ外川の言うとおりだ。ゴニョゴニョと「まぁ、そう、まぁ」と濁しつつも肯定する。

「俺がどうこうってより、椎乃が警戒してるっぽいから、あんま無理強いしたくなくて」

「たしかにあの感じからして警戒心強めっぽいけど。……ってかそもそも、警戒心強いから踏み込みにくいって話に戻ってんの？」

「別にそういうわけじゃ。あー……これ、今朝まで椎乃と話してた情報から想像した、俺の勝手な推測なんだけど――」

玉野が黄色のペンキ缶にハケを浸けて、外川が黒のペンキ缶を横に置く様をぼんやり眺める。

「――あの娘(こ)、前に声のことで、冷やかしとか興味本位みたいに近付いてこられたことがあったっぽい。『声出さない面倒な女と付き合えるか』みたいな……肝試し的な?」

「趣味も胸糞(むなくそ)も悪いな。それがマジだったらさ」

黄色のペンキ缶の中身をぐーるぐーるかき回す玉野が、低く小さい声で言った。

「まぁ、ちゃんと本人から聞いたわけじゃないし、真相はマジでわかんねーからね？　椎乃から言ってきたわけでも、まして直接俺からその内容に触れたわけでもない。でも、会話の端々(はしばし)で既に『そんなようなことがあったから傷が残ってます』みたいなのが、なんか、さっそくだけど、雰囲気でわかっちゃってて」

「そっかぁ。だからあんまり軽々しかったり、急に距離縮めたりできないって考えてるんだね、セイちゃんは」

「まぁ、うん。思い切って踏み込んだら、爪先くらいだけでも受け入れてもらえたんだ。それなのに、俺までそういうヤツらと同じことして、椎乃のこと裏切ったり傷付けたくない」

そうして考えていたら、何と言ったところで恋愛云々がついてまわりそうで踏み出せなくなった、というワケで。

　椎乃の作っている壁を無理矢理ぶち壊すことを、僕はしたくはない。会話ごとに適度な間隔を保って欲しそうにしていると、鈍い僕でも勘づいたくらいだ。加えて、いきなり踏み込んでしまえば椎乃を簡単に傷付けかねない。だから僕なりに、椎乃が距離を詰めてくるまでは間隔を保っていかなければと考えている。これが正解かなんて全然わからないけれど。

「椎乃が口閉ざし続けなきゃなんない理由が何なのかも全然わかんないけど……だからこそまだ下心がチラつくような接し方を混ぜ込むのは違うと思ってるんだ。そもそも『色恋沙汰抜き』を置いといたとして、もっと単純にあの娘に寄り添えないかなーってのは考えてて。まぁそもそも俺じゃ力及ばずかもしれな――」

　そこまで話してハッと我に返る。何を自由気儘にペラペラと喋っているんだか！　いくら気を許し合っている友達とはいえ、根底にある価値観を他人に知られる恥ずかしさたるや！

「――あーいや、まぁ、たとえば、ね！　たとえばの話！　こんなダセェことグジグジ考えてたってアレだし、と、とにかく作業してかねーと！」

　持ったままイジイジしていたハケをズムンと赤のペンキ缶へ刺す。その勢いのせいで、ピッと一滴だけジャージの膝上に飛んでしまう。

「なーるほどねぃ。それでそんな簡単じゃないって困ってたのかぁ」

　外川の優しい声色にチラリと視線を上げる僕。

「こんなふうに考えられるのも優しいセイちゃんならではですな、玉野クン」

「そだな。スマン青磁、今回もまたウジウジして前に出ないパターンかと思ってたわ」

外川と玉野が、僕と同じような声のトーンでそう言った。あれ？　なんだか僕が思ってたよりも二人は『きちんと』僕の考えを受け止めてくれている？　むしろキョトンとしてしまった僕は「いや、別に」と小さく返した。

「じゃあやっぱり、誤解されないように伝えるための方法は、ひとつしかないよねぇ」

いつもの『ニコ』で、黒のペンキ缶に突っ込んでいたハケを抜きながら外川が僕を見る。

「まーそうですな。一昨日『まわりくどいことして』って怒ってた永澤ちゃんなら、『ソレ』はより効果的だろーしな」

僕の左肩をバンバンと叩く玉野も意地悪く笑っている。だが僕ばかりハテナだ。ジイィと見つめてくる外川と玉野がニチャァと笑って、僕は背を反らしながらうぐぐと生唾を呑んだ。

◉

一八時になる少し前に、クラス展示のために残っていた生徒は強制的に解散させられた。みんな両手に両腕にペンキの色、色、色。制服ではなくジャージに着替えていて正解だった。

着替えのさなか、何気なく点けたスマートフォンを見てぎょっとした。椎乃へ返信したとばかり思っていたが、打ち込み途中のまま既読無視になっているではないか！　え、どうしてそうなった?!　サアーと血の気が引きつつ記憶を巻き戻して原因を探る。

ええっとたしか……返事をしようとしていたときに外川に話しかけられたんだったな。それにビクついて慌(あわ)てて画面をオフにして、ジャージのポケットに捩(ね)じ込んだんだったかな？　そのままペンキを塗る作業をしていたから手も汚れているし、尚更スマートフォンを触ることもなく、現在に……？

「うああ、なんてこった！」

と、とにかく打ち込み途中になっている文章を直して送り返さなければっ。

『ごめん、返事すんごい遅くなった。こっちは今終わったよ。文化祭は11月の第1金曜と土曜にやります！』

これでよし。あとは帰るだけだ。

教室を見渡せば、もう文化祭委員の三名しか残っていない。ちなみに、外川は部活のために一六時には切り上げてしまったし、玉野も「バイト行くわ」と一七時には帰っていった。

文化祭委員の三人に軽く挨拶をしてから独りで教室を出る。数歩行ったところで、さっそくヴーヴヴッとスラックスポケットの中でスマートフォンが震えた。

『私も部活終わった』

おぉ、なるほど。椎乃が部活を終える時間もこのくらいなのか。いいタイミングだなぁ。

『ふーん　来月なんだ　あと　既読スルーされても　べつに気にしないし』

これはよかった、のか？　怒ってない？　本当に？　疑心暗鬼になりつつも、ひとまずは返事が来たことに対して壮大に胸を撫でおろしておく。

『部活お疲れ！　椎乃はこれから帰るとこ？』

『うん　いまから着替える』

おお、生着替え——いやいや違う、それはまた別の機会に……って待て待て、別の機会ってのも何?!　階段をタカタカと爆速で降りて気を紛らわす。廊下よりも物悲しさの増した生徒玄関で息を整えてから、返事を打ち込んで送信。

『そーなんだ。てことは、今後しばらくは時間的に、乗り換えのターミナル駅で会えるかもしんないね』

『まぁ　こっちもそっちも　同じ東西線の上り(のぼ)だし』

椎乃の言う『こっち』とは学院大附属高校の、『そっち』とは我が城修(じょうしゅう)高校の最寄り駅だ。

『部活終わったらまっすぐ帰ってるんだっけ？』

靴を履き替えて学校を後にする。一〇月の日暮れどきは、風が吹くたびに身震いをしてしまうことが多くなってきた。

『そうだけど』

不意に声がした方へ顔を向ければ、部活を終えた先輩方がユニフォームやジャージ姿でゾロゾロと校舎内へ移動していくのが見えた。あの人たちの方が僕よりよっぽど薄着で寒そうなのに、僕よりずっと暖かそうな表情をしている。

『時間大丈夫なら、これからターミナル駅で会わない？』

まわりくどい訊ね方は椎乃をまた嫌な想いにさせるだろう。しかも顔の見えない文章だけでの連絡だ、玉野が言うようにウジウジしたところで却って苛つかせかねない。僕が心に決めた『慎重に』ってのは、こういう場面では適用外だろう！

『なんの用？』

なんの用、ときたか。相変わらずの返しにたじろぐも、どうにか気持ちを立て直す。

『腹減ったーと思って。普段こんな時間まで学校残ってないからなんか新鮮で、ちょっと寄り道してみてもいいかーって』

半分嘘で、半分本当。『アレ』を実行するための口実は正直何でもいい、下心が見えさえしなければ。それに、椎乃だって部活後だ。空腹感くらいあるだろう。

たとえ椎乃が『寄り道しない』マイルールを僕にも徹してきたとして、仕掛けてみなければ結果がどっちに転がるのかなんてわからないんだ。引いて狙いを定めたとて、矢を放ってみなければわからない弓道と同じ！　〇か×か、それだけだ。

『ふーん　でも残念でした　一緒にご飯はできない　私は家帰ったら　すぐ夕飯になるもの　それに少食だから　間食なんかもってのほか』

ぐわあ、なるほど。×の方に転んだ、ショック！　校門から三〇歩のところで思わず仰け反ってしまった。だが、こればかりは仕方がない。策を練り直して別日に取り付け直すことにしよう——

そう決めたとき、ヴーヴヴと椎乃からの質問を受信。

『なに？　まっすぐ家帰りたくないとか？』

『いや別にそーゆーわけじゃないこともないっていうか』

『時間もてあましてるの？』

『まぁ、正直……ハイ……』

あっさりバレてしまった。シュンと肩を落として大人しく駅までを歩く。

数歩ごとにスマートフォンを確認するも、椎乃からの新着メッセージはそれ以来届かない。あぁそうか、着替えをしているんだっけ。弓具の片付けだってあるかもしれない。『後輩』は忙しいのだから当然だ。

「返ってこないな」

自分にそう強めに言い聞かせること一五分。僕は気の抜けた顔で駅のホームに立っていた。

このまま大人しく電車を待つ。そして何事もなく帰宅。そうしたらきっとウチだって夕飯が出来ているはずだ、あーあー、今日の夕飯は何だろうなー?!

入線を予告するアナウンスが響く。涙目同然で目を上げると、電車のライトがまるで目のように光っているのが見えた。椎乃にあんな感じでギラッと睨まれたら、メンタルが終わることは間違いない。

そんなことを考えていると、ヴーヴヴとメッセージを受信。期待値ゼロで目をとおす。

『じゃ　私の寄り道に　ついてくる?』

「私の、寄り道?」

片付けやらが終わったのだろうか、ようやく椎乃から返事がきた。同時に「すぐ家に帰るのではなかったんですか、椎乃さん?」と訊ねたくなるくらいハッキリと問われて苦笑い。ひとまず、大きなハテナを浮かべた脱力感満載なたぬきのスタンプをペタリとして首を捻(ひね)る。

『もしくるなら　いまから　枝依総合体育館前駅の　西口改札で　待ち合わせ』

ばくん、と激しく跳ねた心臓。送られてきた文字の羅列で目の前の色が鮮やかになる。

『尚、先に着いたほうには』

パポンパポン、と電車のドアが目の前で開く。下車する人が数人、左右に僕を避けて去っていく。

僕の頬がフニャァとだらしなく持ち上がる。

『待たせたほうが　自販機のホットのコンポタ　おごるってことで』

高鳴る鼓動。際立つわくわく。そしてたまらず電車に駆け乗る。

『よーい　ドン』

ホントは駆け込み乗車はダメ、絶対。

◉

枝依総合体育館前駅の西口改札を出たところで先に涼しい顔をして立っていたのは、やっぱり椎乃だった。改札の目の前の壁に背をもたれかけ、手元ではスマートフォンをいじり、左足を軸（じく）に右足を交差させている。土曜日以来の再会だ。

「椎乃っ、早くない？　ハァー、走ったのに負けた……」

僕が肩で息をしながらよたよたと距離を詰めると、それまで真顔だった椎乃は薄く笑んだ。

『はい　コンポタの刑　どーも　ごちそうさまです』

向けられた画面越しに見える挑戦的なまなざし。くそう、負けた。でもなんだろう、とても爽やかな心地だ。プッと噴き出して素直に笑えた僕は「献上（けんじょう）させていただきます」と大袈裟に頭を下げた。

今日の椎乃は制服姿だ。白いセーラー襟（カラー）に黒の縁取り一本線が目印の枝依学院大附属高の制服は、近くで見てもやっぱり清楚で生真面目そうな印象がある。学院大附属の制服は知っているし何度か見たことはあるけれど、『椎乃の制服姿』は初めて見るからプレミアムを感じている。んん、来てよかった！

加えて、今日も荷物が多い。弓は持っていないけれど、背中の面積よりも大きなリュックと、謎の黒くて長い筒、そしてランチトートを左肘（ひじ）にかけていて、椎乃の小柄が一層際立つ。

「そいや、なんで椎乃のが着くの早かったワケ？　椎乃のが学校出るの遅かったよね？」

交差させている足をほどいた椎乃が僕の右横に並び立つ。右手にはスマートフォン、左手は制服の上に着ているカーディガンの左ポケットに突っ込んでいる。なんともまぁ、ぶっきらぼうな立ち姿ですこと。その状態であのときのように親指だけのフリック入力発動。

『私の高校のほうが　ここに近い　ふたつで着く』

言われて初めて「あ」とあんぐり。肝心な地理的な問題を僕はすっかり忘れていた。

わかりやすく順番説明をすると、東西線の沿線にある『枝依総合体育館前駅』を挟んで『枝依学院都市駅（えだよりがくいんとし）』——つまり椎乃の最寄り駅からは二駅、そして我が城修（じょうしゅう）高校の最寄り駅の『小金坂駅（こがねざか）』は四駅の距離がある。加えて、学院都市駅と学院大附属高校は徒歩五分の優遇立地。片や、我が城修（じょうしゅう）高校とその最寄駅の小金坂駅は徒歩一五分。つまり、どう頑張ったってこの勝負は始めからカタがついていたというワケ。

ちなみに『枝依ターミナル駅』は『枝依学院都市駅』の更に二駅向こうだ。我が城修（じょうしゅう）高校は街の中心からまあまあ遠いのであります。

駅の西口から外へ出ると、ヒョオヒョオと風が鳴っていた。「寒そーな音」と独り言を洩（も）らした隣で、椎乃はひとつだけ身震いをしていた。空の色はすっかり真っ暗。目を凝らすと、鉛色（なまりいろ）に染まった薄い雲が折り重なって流れているのが見える。

西口から徒歩二分のところに、椎乃の目的地である店舗らしき建物があった。なぜそんな曖昧（あいまい）な言い方なのかというと、とくに看板などがドーンと大きくかかっているわけではないので、実際に中に入らなければ店舗だと認識できなかったからだ。

引き戸をカラカラと椎乃が開けると、無垢の木材と石油ストーブの匂いが充満していた。そういう空気で育ったわけではないのに、ひと嗅ぎするだけで『懐かしい』と思える匂いがする。そして匂いのとおり、店内は無垢の木材で揃えられている。本棚のようにいくつも棚が並んでいて、目につく範囲でも木材やゴム紐、輪にして巻かれた糸なんかが細かく分別されている。店内の天井は高く、六枚羽のシーリングファンが静かに回って空気を混ぜていた。

『ここは　私のなじみの　弓具屋さん　礼儀正しく　お願いします』

「か、かしこまりましたっ」

なるほど、『弓具屋』か。初めて来たし、思いつきもしなかった。よく見れば、左側には弦（つる）を張っていない弓が並んでいるし、奥の壁には的（まと）だってかけてある。この店内のどれもこれもが、きっと弓道に欠かせない物だろう。

スゴい、こんな店が存在しただなんて！　いや、もちろん弓道や弓術をしている人がいるのだからそういう専門店や商（あきな）いがあるのは当然なのだが、こんなに身近にあったなんて予想外というか、思いもよらないというか。そういえば外川は来たことがあるだろうか。

『一九時で閉店だから　用事済ませたら　すぐ出る　好きに見てきてもいいけど　やたらめったら　商品に触らないよーに　ジンクス守ってるお客さんに　迷惑かかるかもだし』

「なるほどな、了解。でも何見たらいいかわかんないから、ひとまず椎乃に着いてくよ」

椎乃はひとつコクンと小さく頷いて、店舗入口をまっすぐ進む。それは棚と棚の間を突っ切るかたち。

　心なしか弾んでいるように見えた椎乃の歩幅二八歩目でレジ前に到着。タプタプとフリック入力でそれなりに長い文を打ち込み終えた椎乃が、銀色の小さな呼び出しベルを鳴らす。

　数秒もすると、奥から灰色の頭髪の店主らしきじいさんが「あぁ、椎乃ちゃんか」と出迎えてくれた。本当に馴染みの店じゃないか、と輪をかけてわくわくする僕。

「はいこんばんは。……うん、あぁそう、相変わらずスゴいねぇ椎乃ちゃんは。うん、わかったよ。じゃあ矢筒(やづつ)預かりましょ」

　店主のじいさんは椎乃が見せていたスマートフォンの画面を読んで、カクンカクンと黙読のスピードに合わせて頷き返している。やっぱり黙読したその返事は声でするよね、と親近感。加えて、椎乃が声を出さないことに理解のある人だとわかって安心した。

　椎乃は、それまで担いでいた謎の黒くて長い筒を店主のじいさんへと渡す。そういえば、この前の地区大会のときにも担いでいたっけ。電車での悶着があったときにも見たなぁ。

　店主のじいさんは、その『矢筒(やづつ)』という黒い筒を受け取るなり「じゃあ選んでおいで」と微笑んで、椎乃はペコリと頭を下げた。

「今の、何頼んだの?」

　レジ前から移動する椎乃へコソコソと訊ねる僕。すぐさまフリック入力で打ち込んで見せてくる椎乃。

『筈(はず)の交換　ここ最近で　欠けたりしたから　交換しなきゃ　矢つがえられないし』

筈(はず)とは、矢の尻部分に付いている小さなパーツのことで、弦(つる)と矢を直角に噛ませるための重要な部分だ。それが欠けるまで練習しているということだろうか。というか『矢筒』って本当にその名のとおり『矢を入れておくケース』のことか。

「筈(はず)って消耗品(しょうもうひん)なの？　バドミントンとかテニスのラケットのガットみたいな感覚？」

『そんなことない　筈(はず)の交換なんか　滅多にしない　私はたまたま　自主練で　筈(はず)打ちしちゃったのがはじまりだし』

「筈(はず)打ち、とは」

『的(まと)に刺さってる矢と　同じところに中(あ)たりかけて　やじりが筈(はず)をかすって　割れちゃうこと』

「えっ。いやそれ単純にスゴくない？　同じ的(まと)の、さらに同じ場所に刺さりかけたってことだろ？」

目を丸くして足を止めた僕を、椎乃は半歩先でぽかんと見つめる。

「いかに同じように引いてるかっつー『正確さ』がわかったワケじゃん。滅多にないことなんだろ？　普通にスゲーよ。やっぱり椎乃は弓が上手いんだな」

腕組みしながらウンウンと頷(うなず)き噛み締める僕。すると椎乃のポーカーフェイスがわずかに崩れて、慌(あわ)てて何かを打ち込み始めた。眉根と目頭を近付けて、ムッと下唇を数センチ持ち上げる表情
……って、あれ？　この顔電車での悶着(もんちゃく)のときにも見たな。もしかして、あのときと同じくまた

なんか怒らせるようなこと言っちゃった？

ソワアとしていると、椎乃は俯いたままスマートフォンの画面をゆっくり差し出してくる。えと、なになに？

『筈打ちしたとき　誰かに褒めてもらえたとか　オオゴトになったワケじゃ　なかったし　しかも時間たつと　フツーのことだったかもって　思えて』

「……うん？」

『やっぱり　あのときの私　すごかったよね　たぶん　いや絶対』

あぁ、わかった。椎乃のこの顔って、ものすごく照れているときの表情なのか。

『わかって　共感してくれて　アリガト』

そう察したのと同時に、椎乃の真っ赤になった頬が店内の暖房のせいではないことにも気が付く。

ぐらり、ごとり、足が後方にゆらゆらり。うわあ、なんて破壊力！　これ色恋沙汰抜きの範囲超えていませんか、大丈夫ですか?!

「め、めめ、滅多にないこと出来ちゃったなら、き、きっとその、そのうちマジで『同じところに中たる』ってやつ、出来るかもね、椎乃ならっ」

照れが移って、僕までぽっぽしてきてしまった。猛烈な咳払いで誤魔化しを入れ、鼻から下を手の甲で隠す。ニヤアとだらしなくなる口元なんか見られたくない。

『まったく同じところに刺さるのは　継ぎ矢　っていって　こっちのほうが　滅多にない　弓やってても

お目にかかることは　ホントにマレ』

「そ、そーなんだ、ハハハ……」

『弓具は　かなり大事にしてるけど　正直　継ぎ矢は　ちょっとあこがれる』

「フッ！　なんかわかるかも。じゃあ丈夫な筈買わないとだね」

『鹿のツノとか　象牙とかもある　けど　そんなお高いのは　さすがに買えないから　いつもどおり　プラの買う』

「ツノに象牙?!　す、すげぇ」

『奢ってくれるの　それでもいいよ』

照れから一転して挑戦的な目の細め方。ぐあぁ、この変化がなんたる小悪魔感！　うっかり高級筈を買ってしまいそうじゃないか。あ、いや、嘘、嘘。買えるワケないって！

間もなく椎乃はプラスチック製の黒い筈を数個選んで、店主のじいさんの元へ渡しに行った。なんと驚きの一個六〇円。駄菓子みたい。てことは高級筈って案外――いやいやいや。この店には無さそうだから、うん。

その間、僕は店内をゆっくりと見て回ることにした。

壁際には、胃の位置ほどの高さの台に隙間なく弓が並べられてある。黒いものだけでなく、枯竹色のものや側面だけ着色されているものもあって、しかもそもそもの素材が違うらしい。

木製の丸い輪、あれは恐らく的だ。遠くから見ると小さく見えるのに、近距離だと意外と大きい。

それぞれ八寸、五寸とあるが、えっとたしか一寸が約三〇センチだから……と目算。

立方体の大きな木箱は田の形に天板がくり抜かれていて、抜かれているところには無数に矢が立ててあった。なかでも六本セットになっているものが目立つ。鷲（わし）や鷹（たか）の羽、そして羽根の近くに巻かれた糸は、各セットごとに模様も色も違う。これだけあるとオリジナリティが出て楽しいし、矢を大切に扱う気持ちが深く理解出来た。あ、ほら『完全オーダーメイドできます』って紙が貼ってある！　値段は……さておき。

レジ近くの木製棚は三五杯分の引き出しがあって、そこにはそれぞれ『握皮』やら『下弽』と書かれてある。正直何のことやらわからないのと、見慣れない漢字が難読（なんどく）を極（きわ）めていて中身の想像が出来ない。『握皮』は六〇〇円に消費税、『下弽』は一三〇〇円から三三〇〇円。

「引き出しなら、開けていいかな？」

比較的読めそうな『弦巻き』の棚をズズ、ズズ、と少しずつ引き出す。『弦』は弓にピンと張るあの糸紐のことだろうから、もしやそれを巻いておくための道具か？　引き出したそこにはドーナツ型のプラスチック製品が無造作にしまわれていた。白、黒、青に赤。実にカラフルで、どことなく見覚えがある。

「あー。椎乃のアイコンこれかぁ」

椎乃の無料通話アプリのアイコンはオレンジ色のドーナツのような物の写真だ。ずっと何だろうかと思っていたが、まさかこんなところで正体が判明するとは！

気持ちが少し軽くなったところで、今度は『握皮』の記載がある棚を少しずつ引いていく。間もなくお目見えしたのは皮布だった。どれも色鮮やかで「おおっ」と感嘆が洩れる。たとえば文具店に並べられた豊富なカラーペンを見たときの収集欲に似た気持ちだ。

皮布は長方形型……かと思いきや、よく見ると平行四辺形。下の段を引いてみると暖色、更に下は寒色と並んでいて「椎乃にはこのオレンジが似合うかも」なんてぼんやりと思ってみたり。ただしどこに使うのかは独りで見ていてもさっぱりわからない。

隣の列の『下碟』の棚を引いてみる。その棚には薄手の布がしまわれていて、『握皮』よりも安価だ。ベーシックと書かれた箱には白や黒のものが。他には鮮やかなもの、シンプルなもの、ドット、格子、唐草や矢絣柄まである。それに『握皮』とは違ってこっちにはＳＳからＬとサイズが存在している。

「色も模様もこっちのがめっちゃあるじゃん！　へー、不思議な形してるな。指、かな？　ここ親指で人差し指と――」

クイクイ、と右袖が引かれ顔を向けると、椎乃が不思議そうな顔をしてスマートフォンを差し向けながら真横に立っていた。

『したがけなんか　あさって　なにしてるの』

「あ、椎乃。……シタガケ？　もしかしてこれシタガケって読むの？」

まるで「そうだけど」と言うような表情でカクンと頷かれる。

「『カケ』って、弓引くときに右手に着ける石膏と革のアレ?」

『そ　かけの下に着ける　布のこと　まあ靴下みたいな感じ』

なるほど、解決した。やっぱり指か。じゃあついでに『弦巻き』や隣のカラフル皮についても訊いてみよう。

『へー　よくわかったね　そう　私のアイコンは　自分のつるまき』

「やった、大正解!」

ちなみに弦巻きは、予備の弦を巻きしまうためのものなんだとか。筈を噛ませる部分には、細くこよった糸を巻いて強化しておくひと工夫を加えるらしく、多少手間がかかるため事前準備を施しておく必要がある。そういう準備を終えた『すぐに使える』弦を持っておくためのものなんだって。

「じゃあこっちは?」

『それは　にぎりかわ　弓のにぎりの部分に巻く皮』

「ほえー、そんなんもあるんだなぁ。外から見てるだけじゃ全然気付かなかった」

『基本の巻き方は　あるんだけど　馴れたら　持ち主の手にフィットするように　オリジナルに巻くひともいる部分だし　だから　あんまりジロジロ見ないし　進んで見せたりしないかな　まして　他人のを触るなんて　絶対ダメ　極論　プライバシーみたいなところ』

プライバシーという言葉に、とてつもない秘匿感をおぼえた。小さくなぞり呟くと、椎乃は小さな顎に右手を当てて数秒間何かを逡巡し始める。打ち込んでいたらしい文字を消し、新たにカツカツと打って見せてきた。

『やっぱり　にぎり皮より手(て)の内(うち)の方が　よっぽどプライバシーかな』

「手の内？」

『弓のにぎり方　手の内を明かす　って言葉は　もともと弓道用語　それくらい　弓を握る手の内側に関しては　昔からプライバシーなの』

なんだろう、ものすごくロマン的な話だ。僕は目の前がキラッキラとしてきた。

『上手い人の手の内を盗むのは　全然簡単じゃない　しかも　手の内は一定じゃない　Aパターンで良かったときもあれば　Bパターンにしなきゃならないときもくる』

「じゃあ弓道で一番難しいのは手の内ってこと？」

椎乃は僕からそれだけ言葉を引き出すと、その薄い唇をかすかに弧に上向けて僕を見つめた。そしてやはり何も言わないまま、まるで「さあね」とでも言うように肩を上下させた。

『そんな簡単だったら　苦労しないでしょ　短絡(たんらく)セージ』

「たっ、短絡って何だよ。ちょ、椎乃っ」

やっぱり弾むような足取りで、椎乃は他の弓具を見に向かう。あとを追うかと二歩進んだが
「ちょっと待てよ」と直感的に立ち止まる。

「手頃な価格、矢絣(やがすり)模様、反射的に連想させるあの色味……」

顎(あご)に手をやりボソボソ呟きながら、僕はとあることをひとつ思いついた。だとしたら、迷わずに

すぐ行動しなければ。単純かもしれないが、これは僕の純粋な応援心だから。

　椎乃の視界にないことを確認してからとある引き出しをもう一度静かに引く。そこから、さっき一瞥してくっきりと記憶に残っていた『ある物』を手に取り、椎乃に背を向けレジへ急ぐ。レジがあるのは、椎乃が向かったのとは逆方向だ。

　レジ奥にいた店主のじいさんは筈の交換作業中だったが、どうにか小声で呼びつけてそそくさと会計をしてもらった。その際、レジのガチャガチャチーンの音や店主のじいさんが僕に話しかける声が、どこかで弓具を見ているであろう椎乃に聞こえやしないかとハラハラして、つい過剰に周囲をキョロキョロした。

「もしかしてコレ、自分用じゃあない？」

　そんな僕を気遣ってくれたらしい店主のじいさんは、極力声を抑えてそう訊ねてきた。数テンポ遅れて「あ、そ、そうっ。そうです！」と相槌を返す。

「したらば、一応見えないように袋に入れとこうかね」

「ありがとうございますっ、助かります」

　白茶色の再生紙製紙袋は掌と変わらないサイズ。受け取るなり辺りを改めつつそそくさとスラックスの左ポケットへ滑らせる。なんと空気の読めるお方だろう！

　何事もなかったように交換作業へ戻っていった神対応店主を何気なく目で追い、その作業工程を遠目ながら観察する。その細腕で、引いたりねじったりの力仕事を簡単そうにこなす様は、まるで弓を引くときの力加減のようだ。見ている側は簡単そうに見えるが、実際はそこまで容易ではないというやつ。

ツツンと右腕を後ろ側からつつかれ振り返る。

『こっちにいたの　どこに消えたかと思った』

「う、うんっ。交換作業が案外面白くて、見てた」

何かしらを購入したと匂わせてはならない。多少表情がぎこちなくなったものの、意識を店主の手元へ注ぐ。椎乃は「ふーん」とでも言いたげに、僕と同じようにその鼻先を店の奥へ向けた。

ほどなくして預けていた『謎の黒い筒』もとい矢筒を持って店主がレジに戻って来ると、椎乃は嬉しそうに支払いを済ませた。二言三言挨拶を交わしながら、椎乃は都度大きな首肯やお辞儀で返事をした。そうして会釈をしているとどこぞのお上品なお嬢さまなのになぁ。僕もそんなお嬢さまに続き、神対応店主に深々と頭を下げた。

「付け替えたばっかの筈、俺にも見して」

店を出てすぐ、後ろ手に引き戸を閉めながら頼んでみる。こういうなんてことのない頼みならすんなりといくんだよなぁ。椎乃だって「うん、別に」のような顔つきで矢筒を前に持ってきて、その蓋部分のジッパーを開けてくれる。

筒の中には一九本もの矢が入っていた。どうしてすぐにわかったかというと、さっき見た矢が六本セットだったということと、種類違いの羽根が三種あったからだ。じゃああと一本は？　だろ？

フフン、羽根の付いていない矢が一本だけあったんですよ。だから合わせて一九本。ドゥユーアンダースタン？

椎乃はその中から三本を選び、スルリと三分の一だけ引き抜いた。矢の羽根部分を向けて「ほら」と言いたげな目を向けてくる。

「へぇ、これがさっき取り替えてた筈か。羽根の感じとも合ってていいね。……あ、この糸のところもオレンジなんだな？　そういや椎乃ってオレンジ好きでしょ。弦巻きもオレンジだし」

「…………」

どうやら言い当ててしまったらしい。椎乃はスッと目を細めてからストーンと矢をしまい、筒のジッパーをジャッと高速で閉じてしまった。……椎乃って見抜かれるの嫌がるよなぁ。

矢筒を担ぎ直そうとしたところで「あのさっ」と口を挟む。

「それ、俺がターミナル駅まで持つよ」

僕と目が合っている椎乃は、間もなくゆっくりと眉を寄せて『どういうつもり』と打ち込んだ画面を見せてきた。

「だ、だって椎乃、いつもめちゃめちゃ荷物持ってるじゃん。今日も重そうだし、矢くらいなら預かっても平気かなって」

椎乃の通学用の大きな黒いリュックは「さすが学院大附属生」と感心してしまうほどパンパンに膨らんでいる。僕のようなテキトー高校生とは違って、きっと教科書やらの教材に加えて道着なんかもぎゅうぎゅうに詰め込まれているに違いない。

「別に自慢することじゃないんだけど、俺のカバンむっちゃ軽いし。だから短い間だけでも椎乃も楽すればいいなって」

　僕の言葉に小さな顎を引く椎乃。寄った眉も、山なりにひん曲げた口もなかなか戻らない。何かを考えるように僕とスマートフォンをチラチラ見比べて、やがてガチャと小さく音を鳴らして矢筒が僕に託される。よし、荷物持ち程度だがひとつ椎乃のチカラになれた気がするぞ。

「それじゃ、ターミナル駅までお預かりいたします」

『勘違いしないで　どんだけ私を甘やかしても　コンポタの刑は　チャラにならないから』

「あ、忘れてた」

◉

　椎乃と枝依ターミナル駅まで四駅同乗して、お互いに別々の線に乗り換えるため一緒に下車。そのホームに自動販売機を発見したので確認しに行くと、お望みのコーンポタージュ缶がセットされていた。小銭を自動販売機に投入しながら「椎乃は無意識にここを思い浮かべていたのかもしれないな」と推測して、僕はクスと小さく笑った。

　二缶買ってそれぞれが持ち、自分の手を温めながら乗り継ぎ先へと進む。どこか端の方で飲もうかと提案したが、椎乃が『ねこじただから』と見せてきたので缶は開けなかった。

「俺、南北線に乗り換えだけど、椎乃は？」

『北上線　だから一旦出る』

　ホームの階段下りてすぐ、椎乃は缶を持ったままの右手で右側を指していた。乗り継ぎ先も同じ路線ならもう少し一緒にいられたが、椎乃の乗り継ぐ電車は別の改札に入り直さなければならないし、片や僕はすぐそこの階段を上るだけ。

　ここでお別れだとわかると、途端に自分の左ポケットに意識が向く。

『矢筒　持ってくれてアリガト　たしかにちょっと　ラクしたかも』

「あ、うん。別に全然重くないし、一緒にいるときは遠慮なく言ってよ」

　どのみち会話をするときのためにスマートフォンは手から離せないし、と出かかるも、すんでのところでどうにか呑み込む。危ない、地雷踏み。

　ごく自然に矢筒を返し、その流れで左ポケットに手を伸ばす。覚悟を決めて小さく咳払いをして、

「あのさ」と椎乃を向き直るも、椎乃に先手を取られた。

『で？　セージの本題　聞けてないんだけど』

　反射的にギクリとして左ポケットから手を引く。

『わざわざ呼び出そうとしてた　ってことは　直接話すべきことがあった　ってことじゃないの？　いつ言うの？　言いたいことあるなら　はっきり言ったら』

数行スクロールした先に続いていた怒涛の詰問。加えて、じっと見つめてくる椎乃のまなざし。それは椎乃の矢筋のように端的で潔く、そして迷いがない。「なるほどなぁ、弓には性格が出るのか」などと納得する反面、そんな場合ではないと思考を改め深呼吸。

「あー、その……一応『友達として』聞いてほしいんだけど」

敢えて強調してゆっくりと伝えたが、椎乃は変わらず真顔気味だ。「何？」と言いたげにまばたきがふたつ返ってくる。

「えーと。来月頭のウチのガッコの文化祭、土曜日の一般公開によかったら――」

一気にそこまで出して、生唾を呑む。

「――よかったら、俺と一緒に、見てまわらない？」

「…………」

ポカンとした椎乃にばつが悪くなって、サッと視線を逸らす僕。無言がいたたまれずに口が勝手に言葉を繋ぐ。

「あっあの、人混みだしガチャガチャしてるしまわりきれないかもしれないし、そもそも椎乃こういうの好きじゃないかもだけど、その、せ、せっかく『準備してるんだよー』って言っといて『楽しかったですー』って結果だけ送り付けたり、とかは、その、なんか違うっていうか。せ、せっかくだったら、椎乃にも見てもらいたいなって思って、準備頑張ったりし始めたっていうか……えと」

なんだか早口になってしまったし、喋れば喋る分だけ下心だとかゲスいだとか思われかねない発言になっていないか？　僕は冷や汗が背をツツウと伝うのを感じて、椎乃に気付かれない程度の身震いをした。

「あの、せっかく仲良くなれたし、純粋に友達として椎乃にも楽しんでもらえたらいいなって、思って、言ってみただけ、っていうか」

俯く僕の視界に、再び椎乃のスマートフォン画面が差し込まれた。瞼を重く持ち上げる。

『セージ正解だよ　私　人混み苦手だし　知らない人ばっかのところに飛び込むの　苦手　身内で盛り上がるなかに連れ込まれるのは　もっと苦手』

ズキリ、まるで抉られるように痛む心臓に呼吸が浅くなる。

わかってた、察してた。椎乃がそう感じるんじゃないのかってことくらい、なんとなくわかっていたんだ。

「そ、そうだよねぇ。ゴメンやっぱ忘――」

しかし椎乃の言葉は、スクロールをするかしないか程度の改行の先にもう少し続いていた。

『でも　さそってくれて　アリガト』

並んだ文字たちに釘付けになる。駅構内のざわめきが遠退く。

『そんなの　誰にもさそわれたこと　なかったから　びっくりと　うれしいが　混ざってきてる』

「び、びっくりと、うれしい？」

思わずなぞり呟くと、それまで真顔だった椎乃は途端にカアと頬を赤らめて、ザカザカダカダカと追加で文字を打ち込んでいった。

『かんちがい　しないでよね　なにも　諸手（もろて）をあげて　喜んだりしてないんだから
セージが　どおーーーーーしてもっていうなら　ほんとーーーにしょうがなく　私からの要求ものんでもらうって　だけなんだから
その結果次第で　まあ　トモダチのよしみで　二時間くらいなら　一緒にまわって　あげなくもないかもしれない　ってはなしなだけ　なんだから』

「……なんだって？」

ツンデレのテンプレート文句のひとつ「勘違いしないでよね」に始まって「私からの要求」とな？　どの程度の内容がくるのだろう。椎乃のアメムチが未知数なだけに非常に予測がしにくいぞ？

そんなことをモヤモヤと考えている間に、椎乃は矢筒やランチトートをぎゅむぎゅむと僕に押し付け、背負っていた黒いリュックを肩から外し、自身の前へ持ってきた。カーディガンの右ポケットにスマートフォンを押し込み、リュックのジッパーを開けてノールックで中を漁る。その表情は例の『眉根（まゆね）と目頭をきゅんと近付けて下唇をムッと数センチ持ち上げる』椎乃が照れているときの表情だ。やっぱり椎乃って、ツンデレってやつだよね？　ぐおお、ますますかわいい度が爆上がって結局『色恋沙汰』に発展してしまうじゃあないか！

　見えないように独りで悶絶していると、椎乃は漁っていたリュックからとある物を取り出し、きちんとジッパーを閉めて背負い直す。右手にスマートフォンを携え直し、高速フリック入力で文字が打ち込まれていく。

『私のゴムゆみ　かしたげる　だからセージも　弓道にふみこんでみて』

「え、お、俺がぁ?!」

　ついすっとんきょうな声を上げてしまった。椎乃がリュックから取り出したのは、どうやらゴム弓だったらしい……とはいえどう使うのかはわからない。

　しばしフリック入力が続くため、ひとまず椎乃からゴム弓を受け取っておく。まじまじと観察していくと、その名のとおり弓の握部分に似せた木製の棒に、弦代わりか極太のゴムバンドが括りつけられている。矢をつがえることはできなさそうだ。だが弓というくらいだし練習用の道具の可能性は高い。

『相手が誰だろうと　したいことは言い合って　相談したほうが　絶対にいい　いまお互いに　したいこと言い合ったから　これでスタートライン

　セージのしたいことに　付き合うとして　でもそれは　私の苦手なことで　だからセージにも　私の一番好きなことに　付き合ってもらう　それならフェアでしょ

　フェアに臨めば　諦めなくて済むし　どっちも成長するし　ウィンウィンじゃない?』

「で、でも、なんでわざわざ弓道？　椎乃の一番大事にしてるものじゃん？　俺みたいななんも取り柄ないヤツが弓引いても、逆に椎乃の大事なモノに傷付けたりすっかもしんないし」

躊躇(ためら)いはそういうところからくる。それは僕がこれまで何に於(お)いても『平均的』で『可もなく不可もない』『モブ』として、何をしたところで『背景』や『その他大勢』にしか属せなかったからだ。

『個人の能力値なんか　べつにカンケーない』

椎乃のみならず、他人(ひと)に失望されてしまうのは怖い。僕がどう頑張っても平均以上は望めないため、誰かの『大事』を僕が傷付けてしまわないかと不安に想うのだ。

『単にセージが　結果にだけこだわって　怖がって　挑戦してないことだとおもったから弓道のこと　なんだかんだ訊いてくるくせに　実際にやってみるわけでもないなんて　むしろなんなの冷やかしなわけ？　そっちのが　私はむかつく』

だから、実際に挑戦するよりルールだとかを話題についていける程度に知っておいて、それで留めておくのが丁度いいんだ。

『なんでもいいから　得意なもの　見つけたいんでしょ？　だったら手っ取り早く　憧れの椎乃サマがやってるものと　同じもの　やってみればいいじゃん』

ぐらり。椎乃の直球ストレートの言葉によって胸の内側から込み上げてきた『何か』が、僕の暗い気持ちをかすかに晴らす。

『どーすんの　やる？　やらない？』

突きつけられた問いはつまり、やらないなら文化祭に椎乃は行かないし、やるなら椎乃が文化祭に来てくれる上に僕と一緒にまわってくれるってことになる。

こんなの、もう答えはひとつしかないでしょう。

「や、やります！　いや、やらせていただきますっ！」

ギュ、と睨むようなまなざしだった椎乃は、僕の力いっぱいの返事にようやく眉間の力を抜いた。

「っそ」とでも言いたげに顎を上向けて、言葉を加えていく。

『そんじゃ　明日から　弓道部のセージのトモダチに　いろいろきいて　ゴム弓の練習　しておくように』

「お、おう、わかった」

『10月さいごの日曜日　なんかある?』

「文化祭直前の日曜だよな？　準備予備日ってだけで、他には一応なんもない……かな」

『じゃあ　予定空けといて　その日に　しっかり引けるよーになってるか　この椎乃サマが　じきじきに見てあげる　合格だったら　文化祭につきあうから』

「マ、マジで?!」

椎乃が直接チェックだなんて正直ものすごく緊張するが、それを上回るワクワク感が先立った。きっと僕の本心はこっちだ。それにもしかしたら、椎乃の大事なモノを一緒に経験すれば、僕の中の何かがわかるし変わるのかもしれない。そういう期待感で増し増しだ。

『ちゃんと引けてなかったら　文化祭いかないし　ペナルティとして　パンチする　セージだけじゃなく

て　弓道部のトモダチにも』

「おお、わ、わかった……」

『ゴムの長さの調整　男のひとの力あれば　かんたんにできるから　さいあく壊したら　弁償ね』

「う、うん。オーケーです」

『それから　さっきから思ってたんだけど』

そこでわざわざ言葉を止めた椎乃。僕がハテナで顔を向けると再びあのギンと眉間に力のこもった睨むようなまなざしが向けられていて、ギクリ、ビクリ。

『返事は　ハイ　です　ササイセージくん』

すぐに向け直された一行にグサリ。た、大変だ。さっそくお怒りを買ってしまった！

「は、はいっ、すみませんセンセー！」

腰から九〇度にガバッと上半身を折り曲げて頭を下げた僕。「引き続きよろしくお願いします」と顔を上げ直すと、椎乃は腕組みをして「よろしい」とでも言わんばかりに薄く挑戦的な笑みをしていた。

# 4　重く据えるは丹田、騒ぎ鳴くのは腹の虫

椎乃と弓具店に行った翌日である火曜日の昼休みから、僕は外川に弓道の基本を習うことになった。登校直後、玉野と外川が揃っていることを確認して二人に寄っていった僕が、借りたゴム弓を突き出しながら事の顛末(てんまつ)をあらいざらい説明したことが発端(ほったん)だ。

「な？　オレたちの言ったとおりだったろ？　永澤ちゃんは『絶対に顔見て直接言えば話のわかる娘(こ)だ』ってマミちゃん言ってたもん。とりあえずよかったな、話が進んで」

ドヤ顔でふんぞり返るようにした玉野。なんだ、自分の手柄じゃなくてマミちゃんのお陰だろうが、まったく。

「交換条件なんて永澤ちゃんぽい提案じゃーん。頑張らないとねぇ、セイちゃん」

言いながら僕の肩をポンポンする外川もどこか楽しげだ。というかなぜ僕でそんなに楽しめるんだコイツらは。

「けど、コレで何をどう練習するのか椎乃から何も聞いてなくて」

「ゴム弓は、射形(しゃけい)を身体に覚え込ませるために使う練習具だよ。すっかり的前(まとまえ)に立つような選手になっても引き方が崩れることもあるから、それで正したりするんだぁ」

なるほど、やはり練習用の道具で間違いなかったか。

「永澤ちゃんにOK貰えるように、セイちゃんに弓道のアレコレを叩き込むなら、ゴム弓練習の前にまずは用語からかなぁ。さっそく昼休みから始めよっかぁ」

ということで、その日の昼休みから僕の席を中心にして、外川を先生に座学が始まった。

「弓道では、的（まと）に矢が刺さることを『中（あ）たる』と書きます。間違っても『当たる』と書いてはなりませーん」

「センセー！　なので『的中（てきちゅう）』というのでありますか！」

「正解です玉野くんっ。えー、次に。弓道では弓を『引く』または『射（い）る』と言います。間違っても『撃（う）つ』などと言わないでくださーい、厳しい人が聞いたらバチギレられてしまいます」

「ガチ勢の逆鱗（げきりん）に触れることはしないように、だってよ青磁」

「お前もな、タマ」

「えー、では次。弓を引くときの体の動きのことなどを総じて『射形（しゃけい）』といいます。引いているときの姿のことですね、佐々井くん？」

「ハイセンセー！『永澤ちゃんの射形はとても綺麗だ』などと使うのでありますね！」

「正解です玉野くん！　実に優秀です。では、佐々井くんがこの度（たび）ゴム弓で学ぶべきことについて説明しまっす。ゴム弓は一般的に『射法八節（しゃほうはっせつ）』を覚えたり、確認するために使用します」

「しゃ、しゃほー、はっせつ」

なぞった言葉が玉野と被る。

「単に弓に矢をつがえて的(まと)を射抜くだけが弓道ではありません。射法とは、弓を引く初めの一歩であり、心構えや居ずまいの基準になる重要な基礎なのであります」

　ポカンとする僕たちを見てクスと笑んだ外川は、自席から立ち上がって、脚を揃えた。

「サッとやってみるから、『見たことあるっ』って思ってくれたらいいよ」

　腰骨(こしぼね)に拳(こぶし)を当てて、背筋を伸ばす外川。

「まず『足踏(あしぶ)み』。これは的前(まとまえ)に入ったら、八節が終わるまで崩さないよ」

　一度左脚に重心を乗せ、サッと右脚を肩幅程度に開く。

「そんで『胴造(どうづく)り』。重心をちょっと前気味に、そんで地面をよく踏んで立つことね」

　上体(じょうたい)が前倒しになったようなそうでないような、かすかな変化を確認。

「『弓構(ゆがま)え』、そして『打起(うちおこ)し』。このふたつはそのとおりで、弓を構えて、矢をつがえて、弓ごと持ちあげるよ」

　弓を腹の前に持ってきた格好から、ひたいからななめ四五度の角度まで持ってくる。

「そんで『引分(ひきわ)け』。矢をしっかりと的(まと)へ向けます」

　弓を持つ手がくるりと的(まと)を向き、スーッと流れるように引き分けられていく。

「『会(かい)』でねらいを定めます。早く離しても持ち続けてもいけないよ」

　実際につがえられてはいない矢が、口の高さでピタリと止まった想像をする。椎乃がそうだったように。

「そして『離れ』」

弓から矢が放たれ、きっと的に中ったのだろう。

「最後に『残心』で矢所を確認したり、今の一射の反省をします」

矢を放ったときの大の字の格好のまま、数秒間止まる。

「以上、これが八節です。いいですか?」

以上の八種類の動きを一連の流れとするのが射の基本の形――射法八節らしい。要するに「この射法八節を、ゴム弓で身体に覚え込ませてこい」と椎乃は言ってきたワケか。

「せ、センセー、メモしていいですか。ついでに漢字も教えてくださいっ」

「おっ、エラいですねぇ佐々井くん! 二人とも優秀優秀。では八節のあとで、弓を持つ手と矢を持つ手にもそれぞれ名称があるので、この流れのまま教えましょう!」

げ、なんだそれ。右手と左手じゃあないのか! そう思いながら、僕はすでに弓道に踏み込んだことに対してかなりわくわくしていた。

◉

木曜日からは実践練習に移った。昼飯を早々に終わらせ、ゴム弓を持ち、教室の後ろでこそこそと練習に励(はげ)む。外川も僕と一緒にザカザカと昼飯を平らげ、引き続き指導者の役割を快(こころよ)く引き受けてくれている。

「腹(はら)はちゃんと引き締めるよ。そう、丹田(たんでん)に集中するイメージ。そこから、足の親指と人指し指の間に体重かける……うん、これが基本姿勢の『胴造(どうづく)り』。これをパッと出来るようになるのが目先の目標ね」

この様子を目撃したクラスの何人かから「青磁も弓道部入ったんかよ？」と目を丸くされたりニヤニヤと茶化されたのだが、意外や意外。なんと玉野が「いろいろあんだよ」と上手くあしらい散らしてくれた。

僕たち三人は親友に近しい仲ではある。とはいえ付かず離れずの個人行動を主体としているので、思ったより『いつも三人一緒』というワケでもない。それに、玉野は今回のことに直接の関係はない。それでもこうして僕の特訓に引き続き付き合ってくれるという姿勢が意外で、感激で、急にとてもいいヤツなんじゃないかと思えてきた。……まぁ、モサモサと昼飯を頬張りながらであることや、終始マミちゃんとメッセージで連絡を取り続けていたり、SNSをのーんびり見まわってリラックスしまくっているなど、蓋(ふた)を開けてみれば『ただ同じ空間に身を置いているだけ』なのだが。

それでも今回はすべて不問とします。

「あー待って待って、弓手(ゆんで)と妻手(めて)は同時に持ち上げるんだよ」

弓手(ゆんで)とは、弓を持つ左手のこと。妻手(めて)は、弦(つる)を引くため弽(かけ)という皮手袋を着ける右手のこと。

どちらも弓道用語だから初めはちょっと迷うのだが、ようやく馴染んできたところだ。

「まぁ、どっちかといえば妻手から釣り上げてく感じがベターなんだけど。初心者は同時の方が身に染みやすいと思う」

なるほど？　とわかったようなわかりきれていないような相槌を返しながら、こんな感じだろうかと腕を上げてみる。その都度、外川が腕に触れて角度の調整をしてくれる。

残り十日程度で、僕はゴム弓をまともに引けるようにならなければならない。椎乃との約束は「結果次第で一緒にまわってあげなくもないかもしれない」というものだから、気は抜けない。ひとつひとつの所作を丁寧に、ドシロートながらも目標は高く持たねば、椎乃は絶対に納得しない。

「ほい、そこでちょっと止めて」

頭上ななめ四五度に掲げた弓手――つまり弓を持っている左手を外向きにくるっと返すと鏃は的を向くようになる。こんな打起しと会の間の中途半端な位置で止められるだなんて聞いていない！

「射法八節にはないんだけど、この『大三』という位置はちょっと要です」

体勢的にキープしているのが難しい位置だ。

「だい、大三っ？」

「最低でもここできちんと射形整えておかないと、引いてきたときにガタガタするからね。何万回引いても、この『大三』は崩さないようにしなきゃダメだよ」

「ミソ、なんだな……くっ」

得意げにご説明してくれているところ申し訳ないのだが外川くん、妻手がとってもプルプルしていて耐えられませんが！

「それを踏まえて。妻手の肘は極端に上向かせない。手先をデコに近付けるイメージがいいよ。……あー肩上げちゃ力入る、もっと力抜いてみて」

言われていることはわかるのだが、身体に伝えてそう動かすことは案外難しい。

肩を落としつつ、両腕を上斜め四五度の位置でキープ。そこから妻手をおでこに寄せ、弓手は小指を起点に親指を回して的へ向ける――うーん、『気を付けるべきこと』が山のようだ！

今は手先を目視確認しながらやっているが、本来なら顔はずっと的へ向け続けていなければいけない。基礎を『慣らす』ということは本当に日々の鍛練の積み重ねとその結果なのだろう。身に染みてそう思う。

外川に「横向いてみて」と促され、左を向いてみる。窓に映った自分が見えたが、うーん、これじゃあ前屈みっていうより背中を丸めてるように見えるなぁ。くるりと肩甲骨を下げて、背筋をさりげなく伸ばしてみる。

「あ。姿勢良くなったねぇ」

「え、マジで？」

「うん。格好はいいと思う、とりあえずだけど」

「格好『は』『とりあえず』な」

ぐぬ、玉野め、気にしちまう部分をわざわざ強調しやがって。感激していた僕の気持ちを返せ。

「はーい、じゃあ引いてみよーね」

深く吸って、深く吐いて。その深呼吸を挟んでから、キッと口を結ぶ。

キープしていた『大三』から弓手(ゆんで)で弓を押し、妻手(めて)を引いて右頬へ近付けていく。そっと、ゆっくりと、呼吸と同じリズムで。そうして両腕を同時におろしながら引いていく。きちんとここに矢をつがえている感覚を想像しつつ――。

「セイちゃん戻って」

ストップをかけられたので、妻手(めて)に握っていたゴムをたゆませ、弓手(ゆんで)もおろし、真正面の外川を向く。

「引分けは『山なりになるように』イメージするといいよ。幅広くおろす」

「けど、力任せにしたらグーンてならねぇ?」

後方から飛んできた玉野の意見に、外川は振り返りながら答えていく。

「そこは技量ですなぁ。おろし方は、カマボコみたいにしすぎてもダメだし富士山型にしても違うし。これぱっかりは、形を見てもらいながら頑張っていくものかなぁ」

「あのね外川。俺、ドシロート」

「でも中途半端な出来栄(できば)えなら、永澤ちゃんに文化祭来てもらえないんでしょ? そーなったら誰が一番困るのかなァ? 別におれはどっちでもいいんだよ? 利がないもーん」

「……はい、すぐにやってみます」

「うんうん、素直な心は綺麗な心、と。じゃあ『大三』からやってみよーね」

ハイとひとつ頷き返し、もう一度弓手と妻手を上げて『大三』をつくる。窓ガラスに薄ぼんやりと映っている自分を眺めて、「椎乃にもこういうドシロートだった時期があったんだよな」と何気なく思い浮かべる。

試合時の椎乃が的前で弓を引いている姿は、瞼の奥にまるで写真のようにくっきりと焼き付いている。流れるような所作。引かれた小さな顎。はるか遠くの小さな的を狙う凛としたまなざし——一瞬でもいいから、俺もあんな横顔で生きてみたい。

「セイちゃん。今の引分け、すげー綺麗だったよ」

弓手を伸ばし、ゴム弓のゴムがピンと張りつめ『会』をキープしている状態になったとき、外川がホウと感心したような声を出した。

「うえっ、マジ？」

「マジマジ」

褒めてもらえたことでホーッと肩の力が抜けた。もちろん『会』は保ったまま。あれ？　なんだかちょっとだけいいかも、窓ガラスに映った僕。これなら様になっている気がしない？

「んじゃ『離れ』てみよっか」

妻手をほんの少し、それこそ例の『クッキーのかすくらいちょっとだけ』程度に緩めれば、妻手である右手親指からゴムが外れ、バチンという音とともにゴムが弓へと巻き戻った。

「おー、離し方もまあまあだよ、セイちゃん」

「マジ？　やった！」

「おーっとタンマタンマ、弓をおろすまで気は抜いちゃダメです。あとひとつ何か忘れてるんだけど、覚えてない？」

　正面へ戻しかけた顔をフイと左へ向け直される。その間に「えっとォ」とメモした射法八節を思い出そうと奮闘。

「す、すみませんセンセー。ワカリマセン」

「ふむ、素直でよろしい。答えは『残心』です」

「そーだ、『残心』だ。心を残すって書くやつ」

「そうそう、その漢字のとおりでさぁ。『残心』は矢に込めた気持ちがどこに残ってるかを確認するって覚えるといいって。現実的には矢所の位置確認だとか引分けまでの反省をするためなんだけど、それだと疎かになりがちだからねぇ。……って、俺が中学のときに弓道教室で教わったことなんだけど」

「ほへぇ、深ぇけどマジ細けぇー。そろそろネチネチ琢心が出てきてんじゃね？」

　スマートフォンをいじっていた玉野がヒィーと悲鳴をあげた。

「だってぇ。細かくやんなかったら俺まで永澤ちゃんに怒られるんだって言うんだもん。しかもパンチまでされるって話じゃん。ヤダよ、巻き添えとか」

たしかに、と苦笑いした僕の脳裏には、椎乃のスマートフォンの画面が思い浮かんでいた。

『セージも　弓道部のトモダチも　所詮その程度の熱意なんだ　ふぅーん　なんか幻滅　私のことも弓道のことも　どんだけナメてるわけ？』

……なぁんて文言の更に奥に、氷点下二〇度を下回りそうな椎乃のなまなざしが僕を中心に外川や玉野にまで向けられるかもしれない。加えて『じゃサヨーナラ』なんて言われようものなら、僕の極薄ガラス製のメンタルは粉々に砕け散ってしまいかねない。

「あ、そーだ。どうせならタマもセイちゃんと一緒に射法八節の練習やったらいいよォ。出来栄え如何でマミちゃんと文化祭まわれるかどうかの賭けしよっか？　もちろん俺がきっちり教えてあげ、る。きっとマミちゃん、タマが弓に触れるならすんごおーく喜ぶと思うなー」

「スミマセンでした琢心先輩もう大人しくしてます黙ってます」

◉

『力まかせに引いてもダメ、かといってイメージどおりに引けるわけでもない。ゴム弓でもかなり難しいね』

文化祭の準備を終え、小金坂駅へ向かう道中。いつものようにおつかれをメッセージで言い合うと、そのままチャットラリーが再開した。進む緩やかな下り坂に吹く秋風に匂いがあると気が付いて、僕の視野が心なしか広がったかもしれないと思い至る。

『でしょ？　聞くとやるとじゃ大違い　ってね』

　おっしゃるとおりなんだよなぁ、と苦笑い。

『椎乃はその後の筈の調子どう？　平気？』

『ヘーキ　なんとかなってる　いまのとこ　それより　八節からはじめてみて　セージが知りたいことなんかわかりそう？』

『まだまだ、外川の指示についてくので必死だよ。なんならもう背筋と二の腕の筋肉痛が始まってる気がする』

『痛いところは合ってる　使うべき筋肉が使えてる証拠だから　自信持って　そのまま練習に励むように』

　脱力感満載たぬきの「はーい」スタンプをぺたり。線路を行く車輪のガタンガタンが歩みを進めるごとに近く聞こえてくる。小金坂駅は目の前だ。

『てか椎乃はゴム弓が手元に無くて平気なの？　部活で使わない？』

『使わない　射形の確認程度なら　素引(すび)きするし　ウォームアップは　巻藁(まきわら)でまにあうもの』

　素引きに巻藁とな。何だろうかと思いながら、改札にＩＣカードをタッチ。

『素引きは　矢をつがえない状態の弓を引くことで　巻藁は　藁を束ねた近接練習用の的のこと　米俵(こめだわら)みたいなかたちしてる　実際に矢をつがえてはなすのを　藁束(わらたば)に向かってやるワケ　気になるならトガワに

見せてもらって』
『あ、そういやこないだ弓具屋で見たかもしんない！　あれかーって思った。多分だけど』
『私の師範は　私が中学生のとき　巻藁を20分やらないと　的前に立たせてくれなかった
それが習慣になったから　親にワガママ言って　自宅用の巻藁買ってもらった　だから私休みの日は巻藁に30分はむかってる』
「マジか、あれが家にあるとか」
目をまるくしてひとりごちたとき、入線を予告するアナウンスが被ってくる。スポンと追加メッセージで自分軸に引き戻る。
『なんか　ちょっと呼ばれたから　またあとで』
『今から？　そっか。いってら』
『とりあえず　筋肉痛のとこ　家着いたら　ちゃんとほぐしておくよーに
次の練習のとき　痛くてうまく引けなかったら　セージの練習のために時間取ったトガワに　迷惑かかるし　セージだって　時間の無駄になるでしょ』
そうか、家でも自主的に練習をしたらいいんだ。外川に教わったことを土日祝の間に忘れてしまわないようにやっておいたって損はないもんな。そう思いつつ、椎乃のド正論へ肯定的な返事をした。

◉

三連休明けの火曜日は、朝から教室がワイワイと黄色にどよめいていた。どうやら、注文していたクラスユニフォームが三連休の間に届いたらしい。クラスユニフォーム係の三人がダンボール箱から鮮やかなポロシャツを取り出し、それぞれの腕に引っ掛けて流れるように一枚ずつ配っている。

「はい、これ青磁くんの。で、こっちはタマね」

「おう、あんがと」

「サンキュ」

当クラスポロシャツのデザイン案と配色は、まずクラスユニフォーム係の三人が複数発案したものの中から、クラス全員で多数決を取りひとつに絞って決めた。

色はくっきりしたオレンジ色。蛍光色とまではいかないくらいで、たとえば椎乃が弓をくるんでいるあの布と似た色だと連想してしまうような色合いだ。フォントは白字のゴシック体で統一されているものの、デザインを担ってくれた係の女の子が上手い具合に飾ってくれたので、垢抜(あかぬ)けたデザインに仕上がっている。

左胸には共通して『１Ｄ』と入れられていて、背面には個人の名前がそれぞれ印字してある。まるでスポーツチームのユニフォームのようにすることで『個人識別』と『統一性』を同時に持たせられて合理的だ、と意見がまとまった結果だ。

「あれ、外川くんは？」

「部活の集まりで道場に行っちゃってる。『弓道部の展示もあるからあっちの準備もしないと』だって」

「じゃあ二人に渡しとくから、あとお願い。放課後作業するときはこれ着るようにしてね」

「ほーい」

ちなみにTシャツではなくポロシャツなのは、「昨今どこもかしこも猫も杓子もTシャツだから」なんて理由から、こちらも多数決で決まった。正直なところ、ポロシャツの方が生地もしっかりしているし、ボディラインもすっきり見える。だから個人的にも大賛成。

こういう『協力して作った』感がかなりいいと思う。一人では何も出来なくても、誰かの得意が寄り集まって大勢の意見やアイディアと共に形になるのは胸が躍る。

『今日の朝、クラスTならぬクラスポロ配られたから気合い入りまくりなんだーー！』

放課後の文化祭作業が開始する少し前から、クラスの全員が意気揚々とポロシャツを着はじめた。担任までもがニッコニコのノッリノリで袖を通して帰りのホームルームをするものだから、1Dの教室はさぞうるさかったことと思う。みんなそれぞれに写真を撮り合ったりなんかしていたし、まぁ当然僕たち三人もワイワイと写真を撮ったワケですが。

『お疲れ　わざわざ写真送ってくるとか　笑っちゃったんだけど　それより　筋肉痛はその後どうなの』

作業場にしている空き教室の床に大きなダンボールを広げている途中だった手を止めた僕は、その場に座って椎乃からの返事を読み、更なる返事を打ち込んでいく。

『三連休中ほぐしといたし、椎乃に言われてハッとしたから自主練もしてたしで調子いいよ。まだ動かすと多少痛むときあるけど……それでも筋肉痛にもマケズ、外川のネチネチにもマケズで今日も特訓を遂行できました』

とは言ったものの、思い付きの自主練習に上達効果があったのかはよくわからない。毎日風呂上がり後に洗面所の鏡の前で三〇分間程度、外川に教えてもらったことをどうにか定着させるために復習していただけだ。勘違いから間違えていたことや、無意識に変化させてしまったことだってあった。

それでも今日の昼休みの練習のとき、珍しく鬼気迫る真顔で腕組みをしていた外川が、その腕をほどき眉尻を下げて「多少ぎこちなさがやわらいだかも」といつもの笑顔になったのだから、自主練習は決して無駄ではなかったのだろう。

『そーですか　そしたらいっそう　筋肉痛にも負けぬ　丈夫なからだをもち　慾なく　決して瞋らず　いつもしづかにわらってゐたらいいよ』

「おぉ、追加パロディ返し」

なんておしゃれで知的な返事なんだ。なんかさ、椎乃のこういうところが人間としてすごく好きだなと思うワケ。メッセージでやり取りしなければ知り得なかった永澤椎乃の人間らしい部分だ。

あのときつくづく踏み込んでよかったし、そういう点でも玉野とマミちゃんには感謝だなぁ。

『そういえば　写真の真ん中のツリ目のひと　学院都市の改札前で　何回か見たことある　この前の木曜も見た』

学院都市とは椎乃の高校の最寄りの『枝依学院都市駅』のことだ。

『それが玉野だよ。マミちゃんと待ち合わせしてたからだろうね。木曜は待ち合わせてるってルンルンで先に帰ってたしなー』

打ち込みながら今度は歯噛みした。クソウ、いいなぁ。付き合っていたらそういうことがフツーに出来るんだよなぁ。

『それ　杉中さんのこと？』

訊かれて眉間を詰める。あれ？　マミちゃんって『杉中さん』だったっけ？

背後で手を動かしている玉野を振り返って問うと、こっちを見ずに「そだけど」とだけ返ってきた。顔を戻し、僕も『そうだよ』と送り返す。すると突如背中がズシリと重くなった。かと思えば耳にフーと息をかけられるという悪質ないたずらをされて、思い切り飛び退いた。

「なっ！　バカタマッ、耳やめろ！」

「なぁに青磁チャアン。永澤ちゃんとコソコソとオレたちのウワサでもしているのォ？」

「椎乃がタマのこと駅で見たことあるって言うから、訊いただけっ」

「へー、オレって永澤ちゃんに顔知られてるんか！　いやあ、有名人はツラいですな。ハッハッハ」

『ふーん　じゃあタマノが　杉中さんのカレシなんだ　杉中さんから　なんとなく聞いたことだけある』

「『そーだよ』ってハートマーク付きで送っといて」

「なんっでいつまでも会話読み進めてんだよ、お前はっ」

プチと画面をオフにしてからスマートフォンを膝の上に伏せる。

「まあまあ。これでも一応心配してるのだよボクは。永澤ちゃんにガツガツ進んでけって背中押しまくった責任？　みたいな？」

「ウソこけ。単なる興味本位に見えますけどッ」

「ときに青磁クン。お前足何センチ？」

「え、二七センチ。……なんで？」

「んーん、別に。なんか足の裏俺よりでかくね？　と思ったから、確認」

なんだそりゃ。というかどこを見ているんだコイツ。

ヴーヴヴと唸ったスマートフォンを、玉野の視線の外でコソコソと点け直す。

『じゃ　私部活行く
セージは　いつまでも遊んでないで「ゴム弓」と文化祭準備　必死にやって』

そうだな、あと一週間でゴム弓のテストなんだ。ゴクリと生唾を呑んで、気合いを込める。一人で練習していたときにわからなかったことは今日の外川の指南でクリアになったワケだし、加えて椎乃の美しい引き方を思い出してトレースしながら引いてみれば、僕も手本どおりに引けるような気がするし。残るシコリはアレひとつ、だが……。

「と、ときに玉野クン。例えばキミは、さ、サプライズプレゼントって、どういうタイミングでお渡しになりますか？」

「はぁ？」

背中合わせから一転、ぐんにゃり歪んだ顔を見合わせた。玉野は奇っ怪なものを見たときのように、僕は羞恥や気まずさを隠しきれていないときのように。

「な、何。そんな変？」

「いんやぁ？　別にぃ？　じれじれ青磁クンが一歩踏み出そうとしているのかなってことに、ついつい驚いて語彙力が爆散してしまいまして」

「失礼なヤツめ。で、どうなんだよ。どういうタイミングで渡したりすんだよ」

「えー？　ていうか人によらね？　誕生日近かったら誕生日に寄せるとか、近いイベントがいい機会になるかなって感じ？」

「……普通なんですねぇ、案外」

「おい待てフツーってなんだ、コラ。意気地なしセージクンのくせに」

「意気地っ……そ、そこから脱しようと思ってイッショーケンメー考えてんだろーがッ」

「あーあー、そういう心持ち、マージでダメだと思いまーす。頭で考えてばっかで結局渡さないで終わるぜ。予言しとく」

「んなことねーから！　ちゃんといつ渡してもいいよーに常にここに忍ばせてあるん――」

つい白熱してしまったが、この挑発（ちょうはつ）は玉野の策略（さくりゃく）では？　と気付き慌（あわ）てて言葉を切った。しかし、そんなの既に遅かったワケだ。「ほーん？」と嫌な笑顔でジロジロと僕を観察する玉野へ苦し紛れに「あ、いやその、だから」と応戦するも、しかし防衛力はゼロに近い。

「その左ポケットにィ、なーにが忍ばせてあるのでございましょーかねぇ、青磁チャアン？」

加えて、玉野お得意のニチャアとした粘着質（ねんちゃくしつ）な笑顔が、一度捕らえた獲物を容易（たやす）く離すはずもなく。

◉

一八時三〇分、枝依学院都市駅改札口。

「おーい、マミちゃーん」

「あー、大秀（ひろひで）くー――あれぇ？　今日は佐々井くんも？」

「ま、マミちゃん。お疲れ……」

一八時で強制的に担任に解散を言い渡され、玉野に引きずられるようにして学校を出た僕は、椎乃の帰宅のタイミングに合うようにまんまと彼女の最寄り駅である枝依学院都市駅で一時的に下車させられた。玉野はもちろんマミちゃんとの時間のために降りるワケだから、ヤツの手から僕が逃れられることはできなかった。

「お疲れぇ、そんで久しぶりぃ。なんか佐々井くん疲れてるけどどーしたの？」

「大ー丈夫大丈夫。コイツまた無駄に緊張してるだけだからっ」

ガクーンと肩や頭をたれ下げた僕を覗き込んできたマミちゃんだが、玉野に割り込まれ会話交流を阻止される。「緊張？」と玉野へハテナを返すと、玉野は無遠慮なまでにぺらぺらとマミちゃんへ説明を済ませてしまった。

「なーんだ、そーゆーことかぁ。わたしはいいと思う、むしろ超応援したくなるぅ！　ていうか超癒されたぁー。やっぱりこういう平和なのが一番だよ、うんうん」

「平和なのが一番って？」

「う、ううん、なんでもなーいのっ。二人に会えて癒やされましたって話。そんなことより、ひとついいこと佐々井くんに教えといたげるねっ」

ニッコーと満面の笑みで大きく頷いたマミちゃん。「あのねあのね」と無邪気に距離を詰めてくるので、うっかりすると友人の彼女だということを忘れてドキリとしてしまう。

「それ、寄せ書きみたいにメッセージ書いて渡したりすることもあるんだよ。だから佐々井くんも、『オンリーワンな一言』書いてから渡してあげたらいいと思うんだ」

オンリーワンな、一言――ポカンとした顔のまま、マミちゃんの提案が胸の真ん中にプスリと刺さる。

「なるほどな。たしかに『ソレ』単体じゃ金額的に大したことねーだろうし、だったらちょっとでも付加価値添えといて然るべきだろーしなぁ」

「そーそー。ね？　ぜひともそうしたまえよ、佐々井くん」

ズズイと肯定を求められる圧を寄せられ、反射的に身を反らせてしまう苦笑いの僕。「か、考えとくよ」とかわそうとしたが「ダメダメェ」とマミちゃんに首を振られた。

「時間もったいないよう。永澤さんが駅来るまでに書いちゃえばいいじゃん。まだ時間かかりそうだったし、サッと書けば間に合うよ。あ、ペンいっぱいあるよわたし！」

「えっ、今はちょっ——ててていうか、椎乃がまだ時間かかりそうって、自主練か何か？」

「え？　あっ別に、その」

「やっぱ青磁も引っかかった？　マミちゃんも永澤ちゃんも、絶対何かあったんだろ？」

腕組みをして三白眼をスンと据え、玉野の雰囲気がガラリと変わった。

「さっき訊いたのにスルーされたけど、『平和が一番』なんて何かあるとき以外出てこなくね？　匂わせといて、オレにすら言わねーのはズリーよ。そんな心配されたくねぇてこと？」

親しい人を気遣ったり心配する気持ちが、玉野は怒りとして表に出るタイプだ。マミちゃんはそれをわかっているのだろう、「あっ、いやー、えっとぉ」と歯切れ悪いながらも笑顔を崩そうとはしない。

「あーもう、わかった。正直に話す。だから大秀くんもその顔やめて。超こわいからっ」

かくんとうなだれて目を瞑（つむ）ったマミちゃん。声色はさっきまでの春爛漫から、まるで真冬の痛い寒さを思い起こさせるようなどことなく棘のある言い方に変わる。

ややあって、マミちゃんは溜め息をつきながら顔を上げたものの、誰とも目を合わさない。僕が今まで『知っていたはずのマミちゃん』とはまあまあな違いがある。……な、なんか、女の子の素の部分を見てしまっている気がするのだが、本当にいいのだろうか。こういうのって『彼氏以外には見せない』みたいな感じじゃあないのか？　ともあれ流れで仕方がないことだけれども。

「ちょっと最近、部活でごたついててね。わたし的には超くだらないこと。能力に対する嫉妬が原因であれもこれも否定してきてさ。まあそれで、部活のあとに時間くうこと多くて」

思わず「ごたつき？」と訝（いぶか）しむ僕と玉野。他校の部活動のいさかいなど、完全に僕も玉野も部外者だ。関係ないと突っぱねられてしまえばそれまでだが、あいにく大切な友達の危機的状況かもしれないのだから、何かしら力になれないものかと考えて当然だろう。

「隠してもしょうがないから言うけど。その渦中（かちゅう）にいるの、永澤さんなの」

「し、椎乃が、ごたごたの中心？」

「うん。あ、けど、永澤さんが部活の中の雰囲気めちゃめちゃにしてるワケじゃないから、そこだけ安心してね。誰が見たって絶対に永澤さんは一ミリも悪くないもん」

ようやく目が合ったマミちゃんの表情は、冬の終わりの雪解けのような、かすかに温かみの戻ったものだった。どうやら話の筋からしても、マミちゃんが椎乃と対立している様子はなさそうだ。

「ちょっと前の部活中に、永澤さんがほとんど同じところに矢を二本中てたことがあったんだけど——」

「ん？　二本同時に引いたん？」

想像できていないらしい玉野が口を挟むと、マミちゃんは「そうじゃないの」とピシャリと否定した。

「先に一本中ててた矢に、次の矢が掠（かす）ったの。それで、筈が割れちゃって」

「……筈打ち」

「そうそう。佐々井くんよく知ってたねぇ」

ボソリと意図（いと）せず零（こぼ）れ出た思い出の単語がきっかけで、キュルキュルと記憶が巻き戻る。

あのとき弓具店に行ったのは、鏃（やじり）が掠って筈が割れたためだった。しかし割れたのは一本ではなかった。あのとき椎乃が見せてくれた『新しい筈』は、たしか複数本あった。

「椎乃から聞いてたんだ、筈打ちしたってことだけ。その交換のとき、俺も付き添っててさ」

顎（あご）に手をやっていた僕は、マミちゃんに焦点を合わせた。真顔のマミちゃんはひとつ首肯する。

「それ、一本はホントに筈打ちしたから割れちゃったんだけど、残りの三本は、それを妬（ねた）ましく思った二年の先輩何人かがわざと割ったの。あのとき、なーんかやけに先輩方が率先して『矢取（やと）り』行くなーと思ったら、そういう穢（きたな）いことしてたのね。ほんっとに腹立つ。永澤さんより自分たちのがヘタクソだからって永澤さんに八つ当たりするとか、ホントにない。マジで」

　矢取りとは、的前(まとまえ)に入った射手が引き終わった四本分の矢を、的(まと)や安土(あづち)から引き抜く役割のことだ。引き抜いた矢の鏃(やじり)付近の土や汚れを丁寧に拭き取り、道場内へ持ち戻るのだが、恐らくそのときに筈を割られたのだろう。

「あの日の永澤さん、結構普通に見えたけどかなり傷付いたと思うの。部活中に話する回数急に減ったし。でも、わたしが話しかけに行ったら、逆にわたしの方を心配してくれるくらい、永澤さんはちゃんと周り見てて優しいんだよ。『杉中さんも嫌がらせされちゃうから話しかけなくていい』とか言っちゃってさぁ……なんか、だから尚更放っとけなくて。今日も付き添いたかったんだけど、永澤さんが先に帰っていいってきかなくて、それで……」

　再度うなだれるように俯(うつむ)いたマミちゃんの肩をそっと抱く玉野。親友のさり気ないイケメンムーブを横目に、僕はこれまでの椎乃の発言の端々(はしばし)に感じていた小さすぎる違和感の原因が少しずつ見えてきて、少しずつなりとも繋がってきた。

「椎乃は、今日もその先輩たちに引き留められてる感じ?」

「うん。あのメンバー的に、三連休前の金曜日の件だと思うんだけど」

　この前の金曜日といえば、部活終わりのチャットの途中で『ちょっと呼ばれた』と一旦ラリーが切れたタイミングがあった。あとになって椎乃から『雑用だった』と伝えられたが、本当は先輩たちからの嫌がらせのひとつだったかもしれない。

気がかりに思うならば、それ以来メッセージ頻度が今現在に至るまで急に減っていることも挙がる。てっきり三連休のせいだと思っていたから今の今まで気にしていなかったが、もしも壮大に傷付けられて独りで抱えていたとしたなら、僕はどうしてその変化を気にかけてやれなかったんだ。

「あの日の部活終わり、道場から更衣室戻るとき、永澤さんが二年のサッカー部の先輩に呼ばれてたんだけど……その、こ、告白されたんだって。先輩から」

え？　何？　こ、告……え？

僕に向ける気まずそうな声色と、説明義務を遂行するマミちゃんの生真面目さの対比が、見事僕の脳天にピシピシピシャーンと雷を落とした。唐突に目の前が真っ暗、棒立ちに加えて表情がなくなる。

待てよ待てよ。告白されたということは、それを既に受けた可能性だってあるのだ。だから僕とのチャット回数が減ったと考えられなくもない。ウソ、マジ？　自分で考えておいてアレだがかなりショック……。

「な、永澤さんて普段あんな感じだけど、しっかり美人だしモテはするからね。だから声のこと気にしない人から告白されること、たまにあるみたい」

「なるほどな。永澤ちゃんの事情に目ェ瞑れる青磁みたいなヤツが、やっぱり一定数実在してるってワケか。けど永澤ちゃんが告白されたことと部活のごたごたって関係なくね？」

「ううん、超あるの。告白してきたサッカー部の先輩のことずーっと好きだった人が、永澤さんに嫌がらせしてる先輩の中にいるんだよ」

「あー、それでますます恨みごと言われる感じな？」

「うん。女子同士って、そういうの面倒だからさぁ」

やはり椎乃は普段からあんな感じの『クールツン』でも、容姿端麗（ようしたんれい）で美人の部類であることは、誰しも思っていることのようだ。声を発しないことで、輪をかけて高嶺（たかね）の花（はな）や孤高の美少女の地位に自然と立ってしまっているに違いない。

加えてあの弓道能力値の高さだ。上級生からのやっかみが原因でその都度面倒事に巻き込まれてきたとしたなら、初めましてのときに「言いたいことは直接言って来い」と気迫たっぷりだったことも頷ける。

もしや、そういうこともあって声を出さないのではないだろうか？　たとえば椎乃が口を挟む隙もなく話を聞いてもらえなかった経験が原因で声を封じてしまったとか――。

パンッ。

「うわっ?!　は、えっ?!」

突然、誰かに目の前で手を叩かれた。ねこだましのそれだ。視線の焦点が合うと、間近にいるのが誰なのか徐々に解像度高く見えてきて――。

「あれ……し、椎乃？」

――そう、椎乃がいた。僕の今いる位置の右側からやってきたらしく、まだその手にはタッチしたてのＩＣカードが握られている。スンと据えられた目、小さくへの字に曲げた口。いつの間にかマミちゃんに手を引かれているところから、もしかしたら改札を通ってホームへ向かうところをマミちゃんに見つかって、ホームではなく僕たちの元へ強制的に連れて来られたのかもしれない。

「お前また一人の世界に入ってたろ。オレが手ェ叩いて目ェ覚まさしてやったんですぅ」

「す、すまんタマ」

なるほど、パアンと大きく手を打ったのは玉野だったのか。僕がぐるんぐるんと考えごとをしている間に椎乃が来たから、気付かせるために。

「永澤さんごめんね。先に帰してくれたのに、わたしやっぱり永澤さんのこと気になっちゃって。けどここで待ってれば永澤さんと会えるかなって思って、それで待ってたの」

ＩＣカードをしまった椎乃の右手を途端に握ったマミちゃんは、切々と椎乃へ詰め寄った。

「わたし決めた、やっぱり一緒に抗議する。見てるだけで何もしないのはわたしの性に合ってないし。てかあっちが複数なんだから、永澤さんだって複数になっていいでしょ？」

気迫に押されたように、椎乃は弱く笑んでから掴まれている右手をそっとほどいた。スマートフォンを持つ左手は自由のままだったので、ものの数秒で文字を打ち込みマミちゃんへ見せる。

『ありがと　けどへーキ　杉中さんは関係ないんだから　自分のことだけやってください』

「けどっ」

弱々しい笑顔のまま、追加の文言が打ち込まれていく。

『杉中さんの　帰り道デートの　邪魔だろーから　コレ　連れてくね』

コレとは、とハテナを浮かべて間もなく、キッと鋭い椎乃の睨みが僕だけに突き刺さった。反射的にギクリとする僕。そして乱暴に右の前腕を掴まれて、力ずくで引っ張られる。進行方向はホームのある階段の方向だ。

「えっ、ちょお、椎……あっ。タマ、マミちゃん、またな！」

「青磁、帰ったらさっきのやつの準備しとけよ！　明日塚とチェックすっかんな！」

う、余計なことを大声で。大きく手を振られているのでひらひらとさりげなく返す。マミちゃんは不安気に眉をハの字にしていた。

椎乃は二人を振り返ることなく、僕を引きずるようにホームへずんずんと進んでいった。

◉

『またわたしに隠れて　コソコソコソコソ　そーゆーのほんと　うっとうしいんだけど』

ホームには丁度、枝依中央ターミナル行きの電車が秋風をまとって入線してきた。一番近いドアから乗車したところで、掴まれていた手をまたもや乱暴にブンッと放され、タカタカと両手打ちで打ち込んだ刺々しい文面を突き付けられる。うっ、近すぎてむしろ見えない。一歩分あとずさりして注視し直す。

『わざわざ途中下車してまで　あんなとこでなにしてたワケ　まさか　杉中さんに　変な入れ知恵　してないでしょーね　そもそも　この駅の周りは　ファストフードも　カフェもないのに　学校帰りのセージが　降りる必要ないでしょ　ほんと何したいのかわかんない』

文章からも表情からも、椎乃が過去一怒っていることだけはわかる。どこから何と説明すべきか——そう考えている横で電車のドアが閉まり、動き出す。

『悪いけど　今日はとくべつ　セージには会いたくなかった』

打ち加えたひと言に、ズキンと胸の深くまで痛みが刺さる。

『いまの私　機嫌悪すぎ　気分よくないこと重なってるし　自分ひとりでどうにもできないくらい　いらついてるの　だからむしして　帰ろうとしたのに　まあ　杉中さんに気付かれたのと　杉中さんの意思で私もあの場に連れてかれたから　それはしかたないとして』

「ご、ごめん……」

そんな上辺（うわべ）だけの謝罪しか言えず、自分の無力さがチクチクと胸に刺さった。新たにわかったことと現在の可能性を考えて、胃の底から薄ら寒くなる。

滅多にないはずの筈打ちをしても平然としていたのは、喜びを認識したりわかち合うよりも先に嫌がらせを受けたからだ。色恋沙汰を毛嫌いしているとはいえ、告白されたらしいのに浮かれるでなく逆にこうまでイライラしているのは、それによる報復か何かを複数人から受けたからだ。椎乃が共通の友人である僕たちを無視してホームへ向かおうとしたのは、自分の陰口や除け者にされている想像をしてしまったからではないだろうか。

「あの、椎乃。俺」

フイとショートボブを翻した椎乃は、向かいのドアまで五歩で進み、僕に背を向けて窓の外を眺めはじめた。ピリリとした不機嫌な背中にあらゆる言葉を呑んでしまう。

こんなとき、どう声をかけたらいいんだ。こんなとき、僕は何ができる？　降りた先の枝依中央ターミナル駅でただ背を向け合ってスルリと別れるのか？　それでいいのか、僕は？

たとえば「矢筒くらいは代わりに持つよ」と告げて任せてくれたときのように、その怒りや悲しみやモヤモヤの発散口として、僕は役に立たないだろうか。それに、あのとき三人で何を話していたのかを弁明する機会だってほしい。できるだけすぐにでも。

足音小さくそっと近付くと、伏し目にした椎乃の横顔は曇っていた。いつも以上に口を固く結び、スマートフォンすら触らず、縦長の窓から見える陽の落ちた枝依北区の住宅街をただジッと見つめている。

たとえ反応が怖くたって、こんな顔をする椎乃をただ放っておくことなんて僕にも出来ない。椎乃にはこれ以上悲しい想いをしてほしくないし、せめて僕だけでも真剣で真摯に椎乃に接しようと決めたんだ。

こんなの、傍から見れば「自己満足だ」「偽善だ」などと思われるかもしれない。しかしこうでもしなければ、椎乃は今よりももっと心を閉ざすかもしれないし、どれだけメッセージを送っても永遠に返ってこないかもしれないんだ。

万が一、いや億が一に、恋愛否定系の椎乃が例のサッカー部の先輩と付き合い始めていたとして、それでも僕はまだ諦められない。文化祭も、ゴム弓も、左ポケットの贈りたいものだって残っているのは、僕自身がまだ何も達成できていない証拠だ。踏み出さずに終わるのはもうこりごりと思ったのだろう？　だから、椎乃を想って椎乃と紡ぎ始めたことを、僕のしり込みのせいで途切れさせてたまるか！

「あのさっ」

車内アナウンスが「次は、枝依中央ターミナル駅」と言うのに被さって、僕は椎乃の左手首を掴む。浅く僕を見上げながらギロリと鋭い睨みで突き刺してきたが、しかし時間経過のおかげか先程より鋭さがやわらいだように見える。

「椎乃が嫌がると思ったから黙ってようかと思ったんだけど、俺もマミちゃんと同じで、見て見ぬふりとかできない。だから筈のこと、最近の部活のこと、マミちゃんから聞いたんだ。誤解してほしくないんだけど、マミちゃんが面白ネタみたいに教えてくれたワケじゃないからな？　俺が無理矢理聞き出した、みたいな。だから悪いのは俺だけ。マミちゃんも玉野も、悪くない」

スルリと椎乃の右手が持ち上がり、画面が点いて、スイスイと文字が打ち込まれていく。

『なるほど　つまりセージは　いやがらせされてるカワイソーな私の　やじうまをしたくなったんだどーせ私は　訊かれたって話さないから　やっぱり私からはなしをきかずに　杉中さんから聞き出した

と』

「違、そうじゃなくてっ」

『セージすきだもんね　やじうまとか　まわりからかためるとか　手間のかかること』

　ズムンとカーディガンのポケットにスマートフォンを突っ込み、掴まれていた手を振りほどき、椎乃は制服の白いスカートをくるりと翻(ひるがえ)した。駅に着いたらしく、乗ってきたドアが開いている。四歩でドアをくぐった椎乃は、そのまま小走りに改札まで振り返らずに進む気らしい。僕も慌てて後を追う。

「椎、椎乃っ。話っ。話さしてっ、むっちゃ誤解してるっ」

　小走りとはいえ、椎乃はやはり歩幅が僕よりも小さい。僕の大股で難なく追いついてしまったが、しかし速度が案外出ていたせいで息が切れる。乱暴にＩＣカードをタッチした重たい背中から三秒遅れで、本当は出る必要のない僕もしかしソフトタッチで改札を出る。

「野次馬じゃなくてっ、俺はただ、椎乃が独りで抱えたもの、持つの手伝わせてって言いたい、だけなんだっ」

　ピタッと立ち止まる椎乃。危うくぶつかるところだったが半歩間に合ってギリギリセーフ。つま先立ちでブレーキをかけられたものの、睨みながら振り返った椎乃にガシャンと矢筒を渡された。

『これでまんぞく?』

「そっ……まぁ、矢筒は持つけれども」

『わるいけど　部外者のセージに　なんにもはなしたくない　このままじゃセージのこと　ぶんなぐっちゃいそうだし』

「それで気ィ晴れるなら別に殴ったってかまわないけど、吐き出すことで楽になったり、打開策が見つかったりするかもしんないじゃん」

『いいってば　うるさいな　なんでそんなに　私にかまうの　私ひとりで　どうにかすればいいはなしだから　ひとりで　かんがえさせてよ』

「つらくなって沈んでる友達放っとけるほど薄情じゃねーんだよね、俺はっ」

大きく言ってしまったが構っていられなかった。目をまるくした椎乃は息を呑む。

「今までも嫌な気持ち、むっちゃしてきたろ。荷物と一緒でそういうのもさ、ドカドカわけていいんだって、俺に」

マミちゃんがさっきチラリと言っていた。椎乃は「ちゃんと周りを見ていて優しい」んだと。それには僕も激しく賛同する。だって、こうもしきりに独りになりたがるのは、周りに迷惑をかけたくないからに決まっているんだ。

「どんだけ重くたって、二人で持てば軽くなるよ。そういうのは全然迷惑じゃないって、前に似たようなこと椎乃も俺に言ったじゃん？　自分には当てはまんねーワケ？」

スマートフォンを下ろし、視線も俯けた椎乃。シュンと小さくなったように感じるのは、今まで纏っていた虚勢が脱げてしまったからだろうか。加えてぴくりとも動かなくなってしまった。

ど、どうしよう、出過ぎたことを言っちゃった？　それとも椎乃を傷付けた？

ハラハラと考えていると、やがてスマートフォンが持ち上がり、ちょいちょいと短文が打ち込まれた。控えめにくるりと僕へ向いた画面には、見間違いかと思うような文字が並んでいる。

『たくさんイライラしたから　おなかすいたぽい』

「……へ？」

狭まった眉間と、いびつな上目遣い、そしてへの字に曲げた口。そんな彼女が静かに指差したのは、僕の右斜め前に見えるハンバーガー店。スンとひと呼吸すると、揚げ物やハンバーグソースの食欲をそそる芳ばしい匂いがした。誘われるようにグキュウと腹が鳴る。うぅ、正直すぎて恥ずかしいぞ、僕の腹！

慌てて胃を押さえて俯いた途端、雑踏の中にかすかな「クス」が聴こえた。ハッと顔を上げ直せば、目の前の椎乃が困ったように笑っていた。

ほんの一瞬だけだったが、僕はたしかに見たし聞いた。椎乃がふわりと緊張を解いた証拠だ。それだけで、単純な僕は頬も気持ちもゆるゆると緩んでいく。

「そそそーいや俺、月見デミチーズバーガーのクーポン、持ってるかもっ。あれ秋限定でさぁ、今年まだ食ってないんだよなー」

一度視線がかち合って、慌てて逸らし合う。画面を向けられたのを視界の端に見て、目だけをそちらへ戻す。

『それって　奢ってくださる　ってこと?』

「うぇっ?!」

ジッと見つめてくる黒茶のまなざし、小さく引かれた顎（あご）、そして、隙のない真顔。かわいさに負けそう、第二弾。ヤバい、なんだこれ。ツンとデレの高低差で気圧生じてない？　心拍ばくんばくんしているし、ぐるんぐるんめまいがする。

ポスンと左の拳（こぶし）が僕の胸板に軽く入れられてハッと我に返る。ツツツとスクロールされていく画面の一番下に単語がひとつ。

『冗談』

スマートフォンの奥の、彼女の挑戦的な笑みを見た瞬間、たちまちグサアとキュンが刺さった。いやもうさ、そんなふうに頬を染められたら佐々井青磁はノックアウトでしょうが！　たまらんのよ永澤椎乃！　なんだよ、惚れるなと言う方が無理だわこんなの！

『バカマジメだね　セージは』

顔面を覆（おお）った僕は、小さく「うあぁ」と唸（うな）りながらカクンと頭を下げた。

◉

枝依ターミナル駅の構内は広いコンコースだ。テナント店舗が多種多様に並んでいるし、近隣の商業施設にも繋がっているため、通行する人は枝依市内で一番多いだろう。

　僕たちが入ったハンバーガー店は、乗ってきた東西線と、椎乃の乗り換え線である北上線の改札口の間の店だ。椎乃に席取りを頼み、僕は注文カウンターへ向かって月見デミチーズバーガーをクーポンで購入。ひとつのクーポン画面で二個まで有効だったからラッキーだ。

　ガラスを隔てて駅構内を行く人々が見えるカウンター席に空席を見つけたらしい椎乃は、右側をひとつ空けて遠慮がちに腰かけていた。時間帯的に、横並びで二席以上空いている箇所は少ない。

『ここくらいしか空いてなかった』と見せてきたので「あんがと」と笑顔を返す。

「ついでにこっちも一緒に買ってきた。あ、シェイク嫌いじゃない？　ちなみにバニラ」

『丁度　シェイクも飲みたいと　おもってた』

「マジ？　以心伝心じゃん」

　調子よく言ってみると『ばーか』と返してきた。だが慌ててはいけない。それには椎乃の薄い笑顔が添えられているんだ、ご褒美に決まっているだろう！

『いただきます　セージパイセン』

「ハーイ、召し上がれ」

　言いながらガサガサと月見デミチーズバーガーの包みを半分解き、僕たちは同時にかぶりつく。

「んおーひは（さ）びは（さ）っ。ふえぇ（美味）！」

　バンズは外が薄くパリッとしていて中はふっくらと柔らかく、かつ小麦の薫りが芳（かぐわ）しい。目玉焼きとバーガーパティの艶やかな歯触りは、咀嚼ごとにデミグラスソースの深い味わいとかすかな酸味に包まれる。そこに、チェダーチーズの濃厚さとモッツァレラチーズの軽さを併せた乳味がうまく絡み合い、旨味となって味覚を刺激し、促進された食欲が勝手に次のひと口を求めてくる。

チラリと椎乃を盗み見ると、僕よりはるかに小さなひと口でハンバーガーにかぶりついていた。少食というのはこういうところから表れているんだなぁ。僕が半分を食べ終えてもまだ椎乃は三分の一も食べ終えていない。

『さっき　やつあたっちゃって　ゴメン』

そんなタイミングで、椎乃はスマートフォンへそう打ち込んでいた。右小指でチョイチョイとフリック入力を終えた途端、バチリと視線がぶつかる。

「え、いや、いいよそんな。俺も結局ガーッてなっちゃったし」

この機会に一気に訊いてしまいたいが、今は理性重視。まだ何も訊くべきでも言うべきでもない……ということで、椎乃のバニラシェイクと一緒に買った自分用のグレープソーダをストローでキューッと吸い込むことで野次馬な僕を胃酸に沈めておく。

『杉中さんから　どのていど　聞き出したの』

「あーっと。この前の箸の交換の原因が箸打ちだけじゃなかったことと、それの根本が椎乃の実力を妬んでのことだったたってのと、先輩たちに――」

『ほとんど　聞いたね』

言葉の途中でそそくさと打ち込まれたそれについギクリとして、いたたまれなくなった僕は「ご、ごめん」と小さくなった。しかしなぜか『もう済んだことだから別にいい』と打ち込む椎乃の表情は楽しそうだ。

『杉中さんが　言ってたとおもうけど　さいきん　部活の一部のひとたちと　うまくいかないこと　続いてる』

椎乃が右の小指で続きを打ち込んでいくのと同時に黙ってそれを読み進める。小指だけでも変わらず速い。

『正直　すごく面倒　そういうのに　悩まされるくらいなら　いっそ部活なんか　辞めてもいいやっておもった　けどそれだと　学校も辞めなきゃだから　結局続けるしかなくて　そしたら　知らないうちに気持ちに負担かかってたみたい　っていうか　さっきまで　ほんとに余裕なくなってた　セージに言われるまで　本気で気付かなかったの』

そこまで打ち終えて、左手に持ったままのハンバーガーをひと口分かじる椎乃。案じる言葉をかけようと息を吸ったとき、遮（さえぎ）るように打ち込みを再開。

『私の弓の実力に　文句あるだけなら　別にいい　私にも　ひとつだけ考えがあるから　言わせておけばいいやって　ただ　その考えてることが　上手くいかなかったら　ほんとにどうしよっかな　って感じ』

「マジで大丈夫？　コソコソ他人（ひと）の筈割っちゃうような人たちだし、マミちゃんも言ってたけど先輩なうえに複数人だろ？」

『それまではまぁ　うまくやり過ごしてみる』

ハンバーガーを一旦トレイに置き、手先を拭ってからバニラシェイクを吸う。カツカツと右小指が文字を打ち続ける。

『その浮かないかお　他にもまだ　杉中さんから聞いて　私に隠してること　あるんでしょ』

「やっ、そ、まぁ……て、ていうか俺、そんなに顔とか態度に出てる？　なんかさ、椎乃になんでもかんでも見透かされすぎじゃない？」

『そういうのは　セージのいいところでしょ
セージは　変につくろったりウソつくの　ほんとにへたくそだから　はじめから素直に　本音だけ言ってくれたほうが　私は　警戒しなくて済むし　扱いやすくて　すごくラク』

クス、と薄く笑んでシェイクを吸う椎乃。ぐぬ、やっぱり美人。そして言われたことが図星すぎてぐうの音も出ない。

思い返せば、あの調子に乗っていた中学生時代の僕は、よく周囲から「バカ正直だ」とイジられていた。だんだん恥ずかしくなって、どうにか矯正(きょうせい)せねばとポーカーフェイスの練習をしていたこともある。だが結局矯正できていないのだろう、椎乃からこうも簡単に見破られているし、普段玉野や外川にからかわれることが多いのだって、つまり僕は他人の掌(てのひら)の上で転がされやすいということじゃあないか！

グレープソーダのカップについた結露(けつろ)を指でなぞりながら短く溜め息をつくと、文章が打ち込まれたスマートフォンがズリと僕に寄せられた。

『セージのこと　へこましちゃったから　おわびに白状すると　一番イヤだと思ってた　色恋沙汰に　結局巻き込まれた　それで尚更　先輩の女子グループに　目つけられちゃって』

「きき金曜の部活帰りに、い、一個上のサッカー部の人に、呼び出された話？」

心の中でひたすらに「平常心」と繰り返すも虚（むな）しく、やはり僕は言葉に動揺が出てしまう。それを流してくれたらしい椎乃は、言いたいことを順番に打ち込んでいく。

『やっぱり知ってたんだ　二年のよく知らない先輩から　告白されたこと』

うっ。本人から『告白』と見せられると、まるで矢で体を貫かれたレベルのダメージを受けたような。

「で、でも告……そのあとの詳しいことは、俺もタマも全っ然聞いてないからっ。そこは安心して。でもだからって、こっちからわざわざ訊くつもりもない。椎乃が嫌な想いしてるワケだし、わざわざほじくり返したり『野次馬するために』とかはマジで考えてないよ」

言い切ると二秒間だけ目が合って、椎乃は『ふーん』と返事を打ち込み始めた。

『いまのは　本心ぽいね』

「や、やっぱわかる？」

『まぁ　セージならそうするだろうなって　経験上予測した　っていうか』

たったひと月程度の間柄だが、知らないうちに椎乃からそんなふうに言ってもらえるようになっていたらしい。信頼というものは、うしろを振り返って初めて、相手とキラキラした糸で繋がっていたと気が付くようなものなのかもしれない。
『告白されたけど　すっぱり断った』
「こっ、断っちゃったの？」
そ、そうか、断ったのか。なんだかホッとした。しかし完全にホッとしきれないのは、僕もおおよそ彼のようになる恐れがあるからにほかならない。
『だって理由が　背が小さくてかわいいから　って　そーやって　容姿だけで見てくるの　ほんとムリ
私がかわいいのなんか　世界共通認識だし　いまさらすぎ　そりゃちょっとくらいは　容姿も大事だけど
ひとって基本　中身でしょ』
うわあ、なんて勝ち気な。まぁそこが椎乃の魅力なのだが。
『あと　付き合えばすぐに　声で話せるようにしてやるとか　わけわかんないこと言われて　それはほんとむかついた』
放り込んだハンバーガーを咀嚼（そしゃく）する顎（あご）が動きを止めてしまった。サアと血の気が引く。
『どーせ結局　アクセサリー彼女に　したかっただけだろーし　私じゃなくたって　誰でもいーんだよ
私が声で喋らなくて　珍しいから　周りができなかったことを　やらせられたっていう　前人未到感？
破天荒解（はてんこうかい）感？　そーゆーのを味わいたいんだろーし　だから断ったのに　逆上されて　最悪
そしたら今度は　関係ない女子の先輩たちが　あのひとから告られといて　その態度なんなのとか　色

目使うなとか　あのひと傷つけるなとか　言いたい放題　こういうのが嫌だから　色恋沙汰なんかまっぴらって　おもってるのに　ほんと　ただ放っといてほしいのに』

無我夢中で打ち込み終えた椎乃は、音を立てずにバニラシェイクを吸い込んだ。その横顔を見て、ようやくきちんとわかった気がする、椎乃が恋愛事情を念頭にされるのが嫌な原因が。

この娘は心の底から『永澤椎乃』というひとりの人間として見られたがっているんだ。だから、自分の意志で頑張り続けてきた弓道を褒めてもらえると嬉しいと思うし、独りきりでできる限界をきっとずっといつまでも超えたいと乞い願い、走り続けている。

「――いいように使われてる感じがして、だから腹立ったんだな」

もしかしたら以前の椎乃も、今の僕のように『何もなかった』のかもしれない。でも見つけたんだ、キラキラ輝ける『何か』を。それを輝かせ続けるためにがむしゃらに打ち込んでいるとしたら、阻害されれば輝きが鈍くなるかもしれないと恐がってしまうのではないだろうか。僕がそう考えるように彼女だってそうだとしたら、すぐに周囲に噛みついてしまうのもより深くわかる気がする。

「あのさ、俺、今までどっかで椎乃に遠慮とか引け目とか感じてたんだ。けど今椎乃の話聞いて、椎乃が嫌だと思うこととか拒否することの真意……てか深いとこが、俺なりにくっきりわかった感じしたよ。椎乃の気持ち無視した言葉ばっかぶつけられたら、そりゃやってらんねーってなるよな」

浅く僕を向く彼女とバチリと目が合う。僕の口角がふわりと上がった。

「やっぱ椎乃はスゴい。何でも独りで頑張って、やりたいこと次々やれちゃうし。でも――」

真一文字に引かれていた小さな唇が、かすかにポワと開かれる。

「――だからこそ、椎乃は独りで抱え込みすぎだと、俺は思う」

開いた唇が意識的にパタと閉じられて、しかし視線は僕からはずれない。

「キラキラしてる椎乃に憧れたり、椎乃をもっとキラキラさせようと思ってる人、絶対まだまだたくさんいるよ。名乗り出てないからいないと思うだけで、椎乃を心配して助けたがってる人は確実にいるね。ひ、筆頭は俺っ。それはマミちゃんにすら譲んないっ」

照れが先立った僕は、窓の外の通行人たちに視線を向けた。

「知ってたけど、今改めて思った。椎乃はいつだって真剣で、誠実で、まっすぐだ。だから応援したくなる、こっちも一緒に全力で。だから俺も椎乃のことを雑に扱う人のことはムカつくし、許せねーって思う。椎乃の負担になってることをちゃんと聞いて、共有して、ちょっとでも軽くしてほしいって思うのはそゆこと。あ、たとえばクッキーのカス程度でもなっ」

一切裏のない僕の本心が口からスルスルと出ていった心地だった。言い切ったなと思う傍ら、大層なことを言ってしまったかもしれないとも同時によぎるワケで。

チラリと椎乃を窺うと、キュと眉間にシワが寄っていた。シェイクのカップをタンと置きスマートフォンを小指でカツカツカツと操作する。

『なにひとりで　悟った　みたいなかおしてるワケ』

ギョッとした僕は「いやそんなつもりじゃ」と半分口から出たのだが、椎乃はその先を打ち終えて僕を見た。

『でも正直 痛いとこ突かれたきもち
セージだって 私のこと どうしてそこまで 見透かせるの』

それって、僕の感じたことが正解だったということ？「マジ？」と左頬がいびつに持ち上がる。椎乃はさっきまでの僕のように嫌そうな顔をした。

『いまのセージみたいに 真正面からぶつかって 忠告までしてくれるひと いままでいなかったから びっくりしたし ちょっと恥ずかしいとか なぜか嬉しいとかも おもってる』

ふぅ、と小さな肩が一度だけ上下する。それから続きがゆっくりと打ち込まれていく。まるで慎重に言葉を選んでいくように。

『さっき セージに会いたくなかった って言ったのは セージとどんなテンションで接したらいいか ずっとわかんなかったから
金曜のあの告白のあとから セージにメッセ送るの わざと後まわしにしてた 自分の気持ちも 目標も なにもかもが行方不明で セージまで巻き込みそうと思ったら 急にこわくなって 自分のことなのに意味わかんないから イラついた
実際会ったら やっぱり自分のペース乱れて 更にイライラした だから そのイライラ セージにそのままぶつけた でもセージだったら そういうことしても 簡単に倒れたり逃げたり しないかもっ

ておもえて　だからますます　やつあたりになった
あまえたの　多分　セージにならあまえてもいいかもって　勝手なはなしだけど』
そんな本心が隠されていただなんて、考えもしなかった。女の子――特に好きな娘の気持ちや考えというのは、大層複雑でどうにも予想の範疇を超えてくる。わかりそうでわからないし、予想したとてはずれるばかりだ。
ただ、僕としては椎乃から甘えてもらえたとわかって、感情が沸き立つほど嬉しい。甘えるなんてただでさえ難しいのに、全方位鉄壁ガードの椎乃にそうしてもらえたなんて、関係性がレベルアップしたように感じてしまうじゃあないか！
『セージの　言うとおり　トモダチに　話きいてもらうって　たしかにちょっといいかも』
「ともっ……あ、うん」
『ひとりで考えるより　ずっとはやく　頭クリアになったし　立ち位置の俯瞰が　できた気がするもの
こんなに　一気に打ち込み続けられるなんて　おもわなかった』
そこまでを僕が読み終えたと察した椎乃は、プチとスマートフォンの画面をオフにした。残りの月見デミチーズバーガーをちまりちまり丁寧に食べ進める姿にはしおらしさすら滲む。
椎乃が冷静に自分に降りかかった問題を見つめ直せたことは心からよかったが、今になって『トモダチ』のひと言がズンと重く陰って僕にのしかかってきた。それは自分から言い出したことなのに、意固地になって見ないふりをしていたばかりに今更後悔しているワケだ。肩が触れるほど近い距離に座り合っているのに、それまで見えていなかった深い溝を見せつけられているような。ようやく近付けたと思ったが、まだこんなにも深い溝がありますよといった具合だ。

わかってはいる、わかっているのだけれど。椎乃との距離感を意識すればするほど、もっと早く、そしてもっと多くの供給を求めるように飢えていく。

「……椎乃がラクになったなら、俺もよかった」

Mサイズカップに刺さっているストローを咥えた僕は、行儀悪くズゴゴと音を立てて、溶けかけた氷の水分で喉を潤した。

◉

ハンバーガー店を出て間もなく、椎乃は自分のリュックのポケットをゴソゴソしていた。どうかしたかと声をかけようとしていたら、そこから器用に財布を取り出し、小銭をいくつか握って僕へ差し出す。察しの悪い僕の左掌へムギュと押しつけられ、ハテナのままに首を捻っていると、椎乃はスマートフォンの画面にスイスイと打ち込みを始めた。

『私の分　代わりに払ってくれて　アリガト』

「別にいいのにマジで。クーポンで安くなったしさ」

小銭を掌に乗せたままにしていると、椎乃にブンブンと首を振られ無理矢理指を曲げさせられた。

『金銭絡むことは　とくにちゃんとしないとヤダ　たとえ1円でも　貸し借りナシが　私のポリシー　それに　奢る奢られるは　自分で稼いでからじゃないと　ただかっこわるい』

「コンポタは奢らされたのに？」

『あれは　はじめからそーいうルールだったから　別』

　意地悪く笑って言ってみたが、赤面でそう返されたので、大人しく互いに財布をしまう。

　再度顔を合わせるなり『やっぱり　もっかい　左のてのひら　見せて』と打ち込まれた画面を突き出すように向けられる。今度は何だ、と溜め息半分わくわく半分。すると、僕が差し出した左掌（てのひら）は、椎乃の小さくて少しだけ冷たい両手で入念にまさぐられはじめた。

「なっ、何、どしたの！」

　美人かわいい女の子に、それも僕が一目惚れまがいをおこしている相手から、僕の無防備すぎる手をまんべんなく触られてドキドキしないわけがない。しかも他人と直に触れ合う可能性などゼロに近い彼女が、いち友人の僕にこうもべたべたと触れているだなんて！

　ついでに挙げるなら、先日『手の内』の話をしたことだって記憶に新しい。手の内――つまり掌（てのひら）はプライバシーみたいなものだと椎乃は言っていた。そんな場所をフニフニサワサワとまるで調べるように触られては、僕の理性はギリギリになっても仕方がないよね？　いやギリギリなだけできちんと抑えていますけれども！

ひととおり触り終えてすんなりと左手を開放した椎乃は、スマートフォンにいつものように文字をスイスイと打ち込んでクルリとそれを見せてきた。

『おもったより　ゴム弓がんばってるんだね　筋肉痛も納得』

「てって、てっ、掌(てのひら)触っただけ、で、わかるもんなんだ？」

どうにか発した言葉もひっくり返るし辿々しいしで格好なんかつけられたものではない。ますます顔を赤くしていたら椎乃にまんまと「クス」とされた。うがあ、本当に恥ずかしい。

『小指の中節が　マメになりかけてる　虎口も擦(す)れて　白くなってる　ほかにもちょこちょこ　セージのてのひらに　そういうのたくさんみつけた　びっくり』

「な、ちゅ、なか……」

『ちゅうせつ　もうひとつは　ここう』

数秒間だけ向けられた読み仮名はすぐに伏せられ、また椎乃に僕の左手を取られる。ひとまず「ここ」と言わんばかりに指された箇所――左手小指の第二関節の内側には、たしかに横長の筋のようなマメがあった。言われるまで気付かなかったし、痛いワケでもない。

そして、虎に口と書いてココウ――それは親指と人差し指の間の水かき部分にあたる部位。なぜそこが白くカサつき始めているのかというと、弓との擦(す)れ合いが原因なのだとか。

弓を持ったまま打起(うちおこ)し、大三(だいさん)をとおって引分(ひきわ)ける。その間、親指の付け根で弓の角を押すように力をかけるのだが、虎口を巻き込みながら親指の付け根で弓を押すと親指がよく伸び、弓を外向きに回そうとする力がかかる。その力がかかり続けることで離れが起こり、矢は的に向かって飛んでいく。虎口が上手く巻き込めていれば、人によっては白くカサつきができる。それはつまり正しく弓を引けている目安にもなってくるという。

「ほへぇ、なるほどなぁ。外川にはそこまで教わらなかったや」

『マメの場所も　筋肉痛の場所も　いいとこに出てる　それって　正しく力がかかってる証拠だから　セージは案外　筋がいいのかもね』

「えーへへぇ？　そっかなーぁ？」

『調子にのってるから　ダメ　はい　才能消えました』

「うわ、ひっどい」

歩幅の小さな椎乃に合わせて駅構内を進む。本来、僕は別改札の南北線で帰るのだが、なんとなく離れがたくて、僕の独断で北上線改札口まで椎乃を送ることにした。

『次の日曜も　ここ集合ね　ちょっと早いけど　朝9時に』

椎乃が改札を通る直前、あらかじめ打ち込まれていた言葉を向けられる。

「オケー。てっきり体育センターかと思ってたけど、どこでやるの？」

短い打ち込みのあと、椎乃は顔を半分隠すように画面を僕へ向けて、薄くいたずらそうに笑んだ。

『ひ　み　つ』

たったその三文字すら、例に漏れず僕の心臓をひと突きにしてくる。ズギュンのバクン。ドキド

キの加速。「ひ、ひみつ、かぁ」とヘロヘロの相槌を返した僕の内心は、のたうち回って悶絶して
と大忙しだった。

『今日はアリガト　いろいろと　セージと　かお見て話せて　ひとりじゃわかんなかっただいじなことに
気づけたから』

「し、椎乃の助けになれたなら、学院大で降りて、マジでよかったよ」

辿々しい僕を見て椎乃はまたクスと笑い、スマートフォンに言葉を加えて見せてくる。

『たすけにきて　ささえてくれたこと　セージがおもう以上に　かんしゃしてるから』

マヌケに開けていた口から「へ？」と高い声が出てしまう。それを読み終えたととらえた椎乃は、プチと画面を切って制服カーディガンのポケットへそれをしまった。薄いのに満足気な笑顔でくるりと僕へ背を向け、改札にＩＣカードをタッチし、ホーム方面へと消えていく。数メートル先で振り返った椎乃が、一度だけ胃のあたりでひらりと手を振った。またまたばくん、と心臓が周りの臓器ごと跳ねる。

「とと、トモダチ、なのに」

ぎこちない笑みで、僕はそれに小さく手を振り返す。

「あんなの、かわいすぎ、て、ツラい」

## 5　的への遠近判断は射手の顔向け角度次第

一〇月最終日曜日、枝依ターミナル駅北上線改札前。僕は約束の時間である九時より八分早くそこに到着した。

ダークグレーのハイネックのフード付きトレーナーに深いオリーブグリーンのＭＡ１型ジャケット、肌なじみのいい素材が気に入っているアイスブルーのデニムパンツという『無難だが自分の満足度は高いファッション』で参上した。うん、申し分ないはずだ。

『明日は　ジャージとかの　動きやすい格好で来ること　裸足は論外　私のゴム弓も　ちゃんと持ってくるように』

前日である土曜日の朝に、椎乃からそんな指示が送られてきた。

意気揚々と用意した学校指定のジャージは、これまで格好つけで背負うだけだったフラップ型リュックに堂々と詰められている。他には飲み物、昼食用の総菜パン、椎乃から借りているゴム弓はもちろん、一応スポーツタオルも詰めてみた。外川との練習用に使い始めたＡ６サイズのリングノートも持ってきたしきっとどうにかなるだろう。あとはアレだが、今日も左ポケットへいつものように仕込み済みです。

「あ。おーい、椎乃ぉ！」

改札の中、ホームの方向からこちらへ向かってくるオレンジ色の弓巻き布を目に留めた。椎乃だ。ショートボブヘアが今日も艶やかで、一歩ごとにほわほわと揺れている……が、何だろう、僕がそう大きく声をかけた途端、その一歩の速度がギュンと増したような？

「おはよ。今日はよろしくお願いしまーっす」

改札機を挟んで向い合わせになる位置まで椎乃が来たので、改めて挨拶をし直す。片や椎乃は眉間を詰めた渋面で、左手に持っていたスマートフォンに右手人差し指でスイスイタプタプとフリック入力を開始。

『こんなとこで　大きいこえださないで　迷惑すぎ　あと　はやく改札入ってきて』

五秒後にズイと向けられたそれに、反射的にヒイと身が縮み上がった。お、怒っていらっしゃる！　か細くて心もとない「ご、ゴメンナサイ……」を告げてから、改札機へＩＣカードをタッチ。ソワソワと横に並び立ち、椎乃の肩にかかるいつもの弓具一式の中から矢筒を預かることにした。

それより。今日の椎乃は私服だ、初めて見る。オフホワイトのスウェット地トレーナー、キャメル色のオーバーサイズジャケット。加えて黒いスキニーパンツなのでいつもよりも俄然細く見える。派手に飾らないシンプルかつカジュアルな服装は動きやすさ重視だろう。だっていつもと同じくらいの大きなリュックと、弓と矢筒も携えているのだから。

『持ち物　オッケー？』

「うん、大丈夫デス。昨日指定されたのは詰めてきた」

『じゃあ　先にこれあげとく』

向けていたスマートフォンを自身のスキニーパンツの右ポケットに捩じ込むと、背負っていたリュックの中から後ろ手に『とある物』を取り出した。

触れたときにカサカサと音が鳴るそれは、縦が三〇センチ程度の中身不明のマチ無しの紙袋。色はやけに見覚えのある白茶色。「はいどうぞ」とばかりに差し出されたので「今開ける?」と訊ねる。カクンと首肯が返ってきたので、丁寧にテープを外して中身を取り出した。

「わ、足袋だっ」

青くも見えるほど真っ白い新品の足袋が入っていた。サイズは二七から二八センチ。僕の足のサイズにぴったりだ。ありがとうの高揚感を抑えながら、僕はソワソワと訊ねる。

「よく俺の足のサイズわかったね?　訊かれなかったよね?」

『杉中さんからタマノ経由で　情報収集した　セージがよく使う裏ルート　私も使ってみただけ』

「ええ、いつの間に……ってか、クフッ、裏ルートって」

『ともかく　道場では足袋が理想だから　今日はこれ履いて　がんばるよーに』

「わかった。わぁ、なんかじわじわ嬉しい。椎乃、ありが――」

『ちなみに　600円　です』

読み進めた三行先に、現実的かつ冷たさのあるひと言が見えて、思わずピタと笑顔と動きが止まる。

も、もちろん、お代は払いますともっ！　さも当然のように貰いっぱなしになんかいたしませんっ。「さっそく支払いを」と腰ポケットの財布に手をやったところで、椎乃は画面をツツとスクロールしてその先の言葉を見せてきた。

『まぁでも　あとで600円分　奢ってもらって　相殺してあげてもいい』

えっ、と目を丸くしたら途端にスマートフォンをしまわれた。ツーンと鼻先を向こうへやってホームへずんずんと進んでいく。どうやら得意のツンが発動中らしい。大人しく着いていったほうがよさそうだ。

◉

北上線で四駅北上して下車した先の住宅街を一〇分程度歩く。道中二度ほどどこに行くのかと訊ねてもやはり答えてはもらえない。そんなにギリギリまで秘密にされるようなところってどこだろう？　まさか、椎乃の自宅……永澤家か？　巻藁練習ができるくらいだ、もしやご自宅は豪邸かなにかだったり?!　うわあ、どうして僕はもっとちゃんと椎乃の実家について訊いておかなかったんだ！　そうならそうでもっと相応しい格好を考えたらよかった！

『ついた』

僕が顔を青や赤にコロコロ変えながらドギマギ歩いていると、不意に椎乃がピタリと立ち止まった。和の雰囲気漂う木製の塀でぐるりと囲われた、一見仰々しい邸宅に見える。おお、いよいよここが椎乃の実家か?! しかしよく見ると、木製門扉には『西嶋弓道場』と書かれた看板があって『永澤』にはかすりもしていない。あれ? と首を傾ぐ。

「えっと、ここは?」

『私の師範の弓道場』

「師範? 椎乃の家じゃないってこと?」

ハテナの声色で訊ね返すが、椎乃は「はあ?」とでも言いたそうな表情で僕を見上げている。

……いや待て、そもそも椎乃は弓具を持っているじゃあないか。自宅からわざわざ弓具を持って僕を駅まで迎えに来てまた自宅に戻るワケないだろう、アホか、僕っ!

さて。師範ということは椎乃の弓道の先生だ。西嶋先生とおっしゃるのだろうか。十中八九、今の射手である永澤椎乃の基盤を作った人に違いない。僕の即席イメージでは白くて長いおヒゲがご立派な高齢で厳格な男性なんだけれど、はたして実物はどんなおかただろう。

椎乃は開け放たれている門扉の奥へ足音静かに踏み入り進んでいく。後を追う僕も足音をなるべく小さく済むよう試みながらこまごまと歩く。ここは出入り自由なのだろうか、家主に断りも入れずに堂々としているのは旧知の道場だからか?

門扉を入って早々に左に折れ、そこから数メートルも進むと玄関と思しき茶色の金属格子が嵌った引き戸の前にやってきた。左手のスマートフォンへカツカツタプタプとフリック入力をしていくが、珍しくなかなか打ち込みが終わらない。

　ようやく見せてきた画面には案の定みっちりと長文が打ち込まれていた。しかもなぜか控えめにスマートフォンの画面を差し向けて、うっすらと気まずそうにしているように見える。

『ここが道場　いまから入る　この先はなるべく全部　私のマネして』

「うしろ着いていく感じで平気？」

　最初のその三行でギクリとしたのでコソコソと訊ねてみると、椎乃は小さくひとつ頷いた。

『実は今日　ここで小さい試合がある』

　気まずそうにしていた理由はそれか！　反射的に「はぇっ?!」とすっとんきょうな声を上げてしまった。

『道場開設記念（どうじょうかいせつきねん）　今年で28周年　だったかな　その式典と射会（しゃかい）があるの　私も出る　だからセージ連れてきた　滅多に見られないこともするから　セージの自分探しの　いい刺激になるかとおもって』

「そう、だったのか。いろいろ考えてくれたんだな。ありがと」

　……などと平然と言ってのけたが、内心はとんでもなくお祭り騒ぎであることだけは言っておきたい。

　なんってかわいらしいんだ、永澤椎乃！　その態度も相まって反則がすぎる！　こんなにあからさまに照れ恥じらうようにしてまで、プレミアムな射会やその他諸々を知り合いの誰かに見てもらいたかったということだろう？　その『誰か』というのがほかでもないこの佐々井青磁なわけだけれども！　そう、『椎乃のトモダチ』の僕！

　感激の余韻が止まらないが、顔に出ないよう咳払いで誤魔化して、続きに目をとおす。

『話もどすと　道場では　礼節が重視される　初心者だろうとなんだろうと　礼節できない・わきまえないなら　道場には居られないから　注意して　師範も他の有段者の諸先輩方も　このあとたくさんいらっしゃる　ここのみなさんは手厳しい　きっと目をギラつかせるはず　お気をつけ』

　ひええ、そういうのはもっと早く言ってほしかったぜ。だが外川も『礼に始まり礼に終わるが武道の心得だからね』と言っていたくらいだ、きちんとしておいて然るべきだよな。

『あと　道場入ったら　スマホはマナーモードでよろしく　私もほとんどスマホ触らない　だからたぶん返事がさらに簡素になる　ご了承をば』

「オケ。全部読みました」

　椎乃は僕と目が合うと、小さく了承の首肯を向けてからスマートフォンをキャメル色ジャケットのポケットへしまった。いよいよ道場へ踏み入るのか……心臓がギュウウと縮み、背筋はピシンと伸びきって、肩なんか縮こまってガッチガチになる。

　道場の引き戸を椎乃がカラカラカラと開け、一畳程のコンクリート土間で靴を脱いで板の間に上がる。目の前の木製の引き戸をソーッと右手で開けると、そこはまもなく射場だった。

　薄い木肌色の床と高い天井、白い壁、しかしコンパクトな道場内。的前には並べたとしても六人くらいだろう。そうして簡単に見たところ、入口のこの場所は的前の後側——立でいう『大前』の斜め後ろのようだ。

この道場が椎乃の学び舎のひとつ、いわばルーツだ。そんな場所に連れて来られたことを改めて実感した僕は、喜ばしさから身震いが起きた。

「おう、来たなぁ、椎乃嬢」

低くダンディな声色がまだ誰もいない道場内にトンと響いて、椎乃は途端に頭を上半身ごと丁寧に下げた。

開け放たれている射位の向こう――放たれた矢が通過する中庭から、サンダル様の履物を脱いで入室してきた四〇代そこそこの男性が一人。その彼に向かって椎乃が頭を下げているので、僕も倣ってヘコリとしておく。

一八〇はないくらいの身長に、肉づきのいい逆三角の体型。着ている道着は使い込まれた印象がある。黒々とした無精髭に、寝癖気味の黒い短髪。なのに汚い印象はなく、むしろにこやかな表情と相まって声色同様ダンディ感が強い。煌めく夜景を臨むバーだとかで出逢いそうな風貌なのに、朝陽を背負う姿は俄然爽やかだ。

「なぁんだ、元気そうやん。高校ちゃんと行ってんのか？」

ようやく頭を上げた椎乃は素直にコクリとひとつ頷いた。途端にスマートフォンを手にその画面を点け、起動したままのメモ帳にカツカツと文字を打ち込んでいく。椎乃の後方に立っているし、打ち込んだ内容は僕へ向けられたものではないので、このヒゲダンディの返答でその内容を察するしかない。

「ハイハイ、ありがとうごぜぇやす。えっとそしたら、射会始まるまでここ使っていいしな。オレは朝飯食うてくるし。あ、的（まと）使うか？　そんときゃ声かけんでいいけど設置から片付けまで……って、わかっとるかさすがに」

　サクサクした会話だなぁ、口も気配も挟めそうにない。髭ダンディにひたすらガクガクと首肯（しゅこう）を向けている椎乃は、またカツカツと文字を打ち込んで、今度は急に僕の右腕をグイと引き寄せた。

「ほんほん、キミがセージくんな。どーも、ボクはこの道場のセンセの西嶋です」

　そうしてニコーッとされて、数秒経ってから意味を理解した。えええ?!　まさかこの髭ダンディが椎乃の師範?!　勝手に白髪老師（はくはつろうし）を想像していただけに、激しいギャップで上手く言葉が出ない。

「はっはじ、初めまっして、さ、さ佐々、佐々井青磁ですっ、しし初心者ですっ」

「わはは、お手本みたく緊張しとる。椎乃怖いからやろ、わかるわー」

　違うんだよなぁと思いつつも右隣からの威圧（いあつ）的な視線がビシビシ突き刺さる。

「とりあえず、二人とも着替えてから練習始めてな？　椎乃、青磁に更衣室教えたげて。あと適当にパラパラと大人の部の人らも来るやろし、場所譲り合ってやってな」

　髭ダンディ改め西嶋師範はニコーッと人好きするような笑顔でそう言うと、僕と椎乃の左肩をポンポンと叩いてくるりと背を向けた。そして入ってきたときと逆に、サンダル様の履物を履いて道場の外へと行ってしまった。

「嵐みたいな人、だね。椎乃の師範って」

小さく洩らすと、右隣でカクンと首肯するのが見えた。よかった、師範はあれが通常運転らしい、厳格で無口で怒り散らかすようなタイプの人ではなさそうで安心した。

軽く一礼をしてから道場に踏み入る椎乃に倣い、言われたとおりに僕もそれを真似る。三歩先には畳が敷かれてあり、椎乃はその一角に弓と矢筒を立てかけた。射位を右に、畳を左に向いたまま道場を進むと、突き当りが更衣室。椎乃は迷いなく男子更衣室をガラリと引き開け、電気のスイッチをパチパチと点けた。

『着替えはここでして　鍵つきロッカーじゃないから　荷物はひとまとめにしておくように　今日は特に人が多く来るから　譲り合い必須』

「わかっ——ハイ、了解です」

『着替え終わったら　そこの畳で正座してること　もちろん一番ハシで』

「一番端……ハイッ」

返事を聞いた椎乃は「じゃ」とばかりに更衣室へ僕を押し込み、引き戸をガラガラピシャリと閉めてしまった。まぁ椎乃も早く弓を引きたいのだろう、僕も気を引き締め直して臨まなければ。

二週間弱のゴム弓練習期間を振り返ってみれば、多少我流になってしまったかもという懸念を抱いている。学校では文化祭の準備のため、外川とのゴム弓練習時間が一日二〇分程度しか取れなかった。家に帰ってからの自主練習は欠かさなかったものの、何が正解で何が不正解か手探り状態のドシロートが一人で鏡に映った自分を横目でチラチラと確認しながらなど、けっして納得のいく練習だったとは言いきれない。

さっそく緊張がぶり返してきた。膝はガクガク、掌はじっとり、おまけにネガティブ思考がぐるんぐるんしているのに、椎乃が求めるレベルをクリア出来るのか？

「いや。そこそこ厳しい外川と練習したんだし、ダイジョブ。た、多分っ、ダイジョブ！」

独り言をあえて言うことで自分の耳がそれを聞く。すると脳がしっかり認識するから、思考の切り替えには効果的だ――これはゴム弓練習のときに外川が言っていたことだ。

道場はまさしく『静謐』だ。周囲の住宅の合間から射し込んだ朝陽が道場の床板に当たって、温かな空気を室内にもたらす。腹の底まで吸い込みたくなる陽の匂いに誘われ深呼吸をすると、ガチガチになっていたはずの身体が多少なりともほぐれてくれた。道場内は無臭に近いが、嗅ぎ慣れない弓具の匂いはかすかにしている。丁度、椎乃と行った弓具店内の匂いと似ているなと記憶をたどる。

恐る恐る指定された畳の上へ移動したところでガラガラリ、と女子更衣室が開いた音がした。反射的に「ウヒャア」と情けなく肩を跳ね上げたワケだが、しまった、今の変な声、絶対に椎乃も聞いたよな？

　そろりそろりと振り返るも、椎乃はいつもの真顔で立っていた。わかってはいたが椎乃は道着姿だ。やっぱり凛と引き締まった緊張感があって、何にも代えがたいほどカッコイイ。後ろ手に扉を閉めてツカツカと歩み寄ってきたかと思えば、僕の前をスルー。道場入口の傍にあったキャスター付きのホワイトボードをゴロゴロと引いてきて、道場中央で止めた。そして、マグネットで張り付いていた黒いペンでチョコチョコと文字を書き込んでいく。

**『スマホの代わりにこれに書いてく。ちくいち読んでって』**

　書き上がると右に避けた椎乃と目が合い、頷き合う。ていうか文字ちっさ。かっわいい。形だって目立った癖はないし、丁寧に書いている印象の字体だ。そこからでさえ適度な理知が感じられる。ハイと返事をすると、椎乃はうっすらと「クス」とした。さっき書いた文字の下に、新たに書き込まれていく「クス」の理由。

**『ジャージにたびって思ったよりちぐはぐだね』**

　くそう、仕掛け人のくせに言ってくれる。笑われたという羞恥心と、ちぐはぐを晒し続けているという不格好さで耳まで熱い。

**『とりあえずゴム弓はたたみの上に置いてきて。いまから黙想と座礼をします。セージはこれから私の指定する場所に座ってください』**

　黙想って、精神統一だとか邪念を取り払うなどの目的で『無の時間』を過ごすことだったっけ。

武道はそういうひとつひとつの心がけから成るものだし、嗜(たしな)む前に行っておいて然(しか)るべきだよな。むしろ、緊張で全然集中できていない今の僕には丁度いい行動だ。だがどこでどういうふうにするのだろう。

　書き終えた黒ペンをホワイトボードに貼り付け直した椎乃は、ホワイトボードをゴロゴロと道場の端に寄せて『座位(ざい)』と筆文字で記された掌大(てのひらだい)の立札(たてふだ)の延長線上に立った。『座位』の立札は『射位(しゃい)』と畳の間に置かれてある。座る位置を示しているのだろうことは簡単に推察できる。

　僕は的(まと)を左手側にして立ち、椎乃と向かい合った。途端にフイと顔を入口の壁の上部へ向けたのでつられてそちらを見ると、桐(きり)で作られた小さな神棚(かみだな)があった。

「あれに向かって黙想するってこと？」

　いま一度椎乃と顔を合わせると、ガクンと首肯(しゅこう)を戴いた。なるほど、弓道の神さまにご挨拶って意味もあるのかもしれないぞ。

　椎乃がゆっくりと深呼吸をしたのにつられて、僕も一回分だけ深呼吸。次いで、椎乃は右足を半歩引いてから、わずかに前へ滑るように正座をした。そのやり方は上半身がぶれず、そして余分な音が出ない。ただ座っただけなのにまるで演舞(えんぶ)のひとつかのようだった。

　ぎこちなく真似て僕もその場に座すものの、たった今初めて見たやり方の模倣(もほう)ではその場しのぎにすらならず。しかも真新しい足袋(たび)の裏の滑(すべ)りにくさも合わさって、膝を思ったよりも擦ってしまった。うう、薄皮がめくれた気がする……。

背筋を伸ばし、フッと瞼を閉じる椎乃。「黙想だ」と勘づいたので、同じように目を閉じ意識を無意識の中へ沈めていく。途端に聴覚がとても研ぎ澄まされた。

敷地内の植木の枝葉が風に揺らされる、奥行きある音。その匂いの湿度は低い。

近隣を通った車や原付バイクの、高低差ある振動音。遅れてやってくる排気ガスの匂いが鼻の奥に刺さる。

通行人の雑談は遠いが、楽しげな声色は簡単にわかる。どこからともなく味噌と出汁の匂いがして、そういえば西嶋師範は朝食を召し上がっているのだったなと思い出した。

ほう、と目を開ける。いつの間にかすっかり俯いていた。椎乃もそれから一〇秒もないうちに目を開けて、すぐに僕の視線に気が付き、かち合う。スッと浅くひと吸いした鼻呼吸の音のあと、椎乃は膝を折ったまままくるりと回り、神棚を向いた。そして自分の膝前へ両手の指先をつき、上半身を折り曲げ、土下座様の礼をする。その背をボーッと眺めていた僕ははたと我に返るなり慌ててそれを真似て、膝の前に指先をつき、上半身を折り曲げた。

「………………」

まるで空気が漏れるような音にもならない音が椎乃から聴こえた。唸ったかのような、何かを言ったような、喉の奥を鳴らしたときにかすかに聴こえるような音……もしかして、椎乃が何か『言った』のだろうか。

ポカンと目や口を開けた表情で、僕はそっと頭を上げた。遅れて頭を上げた椎乃の背中をさぞマヌケに眺めていたことだろう。

人に対しては決して声で話さない椎乃だが、『弓道』へは『礼』の心を可能な限りの声で伝えたいと思っているのかもしれない。弓道にだけは、自分の頑(かたく)なな部分を折ることができるのだろう。それだけ椎乃は弓道を尊敬して、愛情を寄せ、身を浸(つ)けている……いや『捧(ささ)げている』の方がしっくりくるかもしれない。そんな女の子に、僕は強く強く惹かれているんだ。

正座から立ち上がり、僕を振り返る椎乃。

「もしかして、ご挨拶は終わり?」

ガクン。なるほど。

ビッと向けられる人差し指。それは畳の端のほうでちんまりと身を潜め、ずっと出番を待っていた椎乃のゴム弓に向けられた。「じゃ、いよいよ……」と小さく言った途端、背中を伝う一筋の冷や汗、喉をギュムリと流れ落ちる生唾。

ついに、僕のゴム弓テストが始まる。

◉

右側に畳、左側のずーっと向こうに均一に並んだ的(まと)が六個。まさにそんな『道場のど真ん中』に立った僕は、椎乃のゴーサインと自分の心の準備が整うとまもなく足を揃え、背筋を伸ばし、腰骨に両拳をそれぞれ軽く当てた。そのとき人差し指第二関節だけを軽く当てるようにする。もちろん左手にはゴム弓を握っている。

さて、ここで質問です。『射法八節』は覚えておりますかい？　ギクリとした人は、僕が試験をしているのを復習にしてくださいな。熟知している人は、椎乃と同じ目線で僕を見てください……いや、やっぱりゆるーく温かーい目で見てくださいっ！

最初は『足踏み』。それは弓を引くときの基本姿勢そのものだ。まず左足を左へ移動させ、重心をそちらに乗せる。右足は膝を曲げないよう注意しながら、足先で浅く弧を描くようにして左足先から右へと開く。開いた両脚の中心に自分の身体が乗るように立てば完成だ。大体肩幅より少し広めが目安だろうか、人によって違うのだと外川が言っていた。ちなみに爪先は六〇度程度外へ向いていると尚いいらしい。

次に『胴造り』。足裏よりも爪先寄りに、しかも拇指側に体重を乗せ、グラグラと揺らがないような確固たる立ち方のことだ。胃の下辺りを武道では『丹田』と呼ぶのだが、その丹田に重心を意識づけることでより強固となるらしい。

腰骨から拳を離し『弓構え』に移る。丸太を抱えるイメージで、両腕で腹の前に円を作る。そのときゴム弓は丹田の前で構えて、右手でゴム端を軽く握るのだが、ゴムの輪になっている部分に親指を引っ掛け、人差し指と中指がそれをくるむようにするとベストだ。左手は『手の内』を意識しながら握るといいらしいが、あいにく僕は手の内を教わっていない。ひとまずは小指で弓を締めることと、人差し指はピンとさせること、そして親指は中指の縁となるべく密着させるよう、外川から強めに言われている。

さて、顔を的へ向けていよいよ『打起し』。スゥーと吸い込む呼吸とともに、そっとゆっくりと腕をひたいのななめ上まで持ち上げていく。『抱えた丸太の外側を撫で通るように』外向きの弧を描いていくが、弓は常に床と垂直にしなければならない。でなければ矢をつがえていると落ちてしまうからな。癖なのか身体が固いだけなのか、僕はここで肩も一緒に上げてしまいがちだったので、特にこれは『僕専用のアドバイス』だと外川に言われた。椎乃センセーの目にどう映ったろう、この工夫が妙だと思われていなければいいのだが。

吸い込んだ息をフーと吐きながら肩甲骨を下げて、『大三』を通って『引分け』へ。やらなければならない細かなことがもっとも多いのがこの『引分け』からだ。小指側の掌側面は床と平行のまま弓手親指をくるぅりと外向きに回し、ピンと伸ばした人差し指は的を狙うイメージ。同時に妻手はわずかにひたいへ近付ける。そのときも引き続き肩は上がらないように、そして肘は張りすぎないように。外川に褒められた『力の抜けた』姿勢を意識しながら『会』へと移っていく。

なりたい形をイメージして反映させる。それがもっとも大切なのが『会』の場面だ。「上手い引分けをイメージしないと上手く引いてこられないよ」という外川の口癖みたいな教えが何度も頭の中でぐるぐる巡る。ちなみに僕の引分けイメージはいつだって椎乃。申し訳ないが、外川ではなく、椎乃。弓手は押して、妻手は肘を下げて。かまぼこ型でもなく、富士山型でもない、その間を取るように山なりに、なだらかに、呼吸と同時に口割——口の右端部分へ収める。

狙いを定めるイメージをして、丹田からの力が四肢末端にまで伝わったあかつきに、ようやくバチンと『離れ』る。だから弓道は離すのではなくて離れるのだろうな。

妻手から離れたゴムは弓手の弓部分へと戻り、たらりと垂れ下がる。離した後の妻手は『的のねらい』の延長線上に掌を上にして残っていて然るべき。妻手の目視確認は体配の最中なので出来ないけれど、この形はとてもいい気がするぞ。

そしてわかってるぜ、椎乃センセー。『離れ』のあとのこの状態は『残心』だよな、忘れていないぞ。今までミスなく引分けられたかどうかの振り返りをしつつ、次に活かすことについて考えたりしていますッ。

開かれている両腕を内側へ折り畳むようにして下げていく。「人差し指の第二関節を腰骨へ着地させるようにするんだ」ってのが外川の教え。腰に手をやったら、開いている右足から順に、擦るようにして足を半歩後ろへ戻す。かかとをくっつけるようにスッスッと戻したところで、ゴム弓を使用した『体配』は終了だ。ハイ、お疲れさまでした！

「ハア、どうだった？」

斜め右前で僕を眺めていた椎乃に視線をやる。照れから頬がほんのり火照っている僕と一度視線が合うと、椎乃はさっきのホワイトボードをガラガラと引っ張ってきた。

**『まあ、悪くなかったかな。初心者にしたらよく練習したと思う』**

「マジで?! よかったー!」

『逆にどうだったの? あのまま弓にもち変えたとして、同じく引けそう?』

「いやぁ、それならまだまだ全然かなぁ。練習してきたベストは尽くしたけど、『ゴム弓を引く』ことで精一杯だったし……ここどうなんだろうって思うところがまったくなかったワケじゃないし。だったらもっとちゃんと時間とって練習しないと、かな」

椎乃はホワイトボードの文字をツルツルと消し、新たに文字を書く。

『よかった。カンペキとかって言ってうぬぼれてたらスネでもけ(蹴)ってやろうかと思ってたから』

ヒエエ、椎乃の蹴りとはこりゃまた……。冷や汗に背筋をゾワゾワさせていると、椎乃はくす、と小さく笑った。

『ギリ合格。セージの努力の跡がみられたから』

「ギリかぁ……って、マジ?! 合格?! やった!」

『もう1回ゴム弓引いてみて。細かいところ教えてあげるから』

「ハイッ!」

椎乃に『胴造り』の姿勢を促(うなが)される。足を開いている間に椎乃は僕の背後へまわった。……と思ったら、突然の『ぎゅ』。ちなみに抱きつかれたワケではありません。背面の骨盤を強く小突かれました。思わず前に二歩三歩とよろける。

「な、なっ、何っ。危なァ」

怪訝（けげん）に振り返ると、椎乃は真顔でホワイトボードへ戻っていった。

**『つっいてたおれるような胴づくりはダメ。甘い。生クリームより甘い』**

なるほど、強度確認だったのか。「お、おう」と小刻みに頷き返す。

**『慣れるまでちょっとヒザ曲げるといい。セージはジャージだけど、ふつうはハカマはくでしょ。ハカマはゆったりしてるから、曲げてもあんまりバレない。本気でちょっとだけ、だけどね』**

そうして、椎乃が見せてくれた手本。スッと足を肩幅よりわずかに広く開き、足先への体重移動をきちんと見えるように大袈裟にやってくれる。頭の高さが変わったか？　と首を傾ぐくらいの『膝の曲げ』もしたようで、「ほらね」の顔を向けられている。

「こんな感じ？」

ちょっと真似してみよう。同じように『胴造り』の行程を繰り返す。椎乃は再び僕の後ろへまわり、骨盤を強く小突いた。

「スゲェ、全然違う。動かなくなった！」

なるほどなるほど、わかっちゃいましたよ僕。膝がほんの少しだけでも曲がってると、振動吸収の役割になって力みが膝から逃げるんだ。だから足裏がどっしりとする。というか単純に踏ん張りやすい。

**『次。胴づくりの足の間隔は、自分の矢の長さ分』**

書き終えるなり、矢を立てておく箱の中から椎乃は自分の矢を一本持ってきた。いつの間にそこへ矢を移していたのだろう……って、よく見たらあの矢が立ててある箱、弓具店でも同じものを見たぞ。上部が『田』の形にくり抜いてある正立方体の大きな木箱だ。

そんなふうによそ見をしていると、椎乃にゴム弓を掴まれブンブンと振られた。「ゴメン」と向き直ると僕の真正面から三歩下がり、『胴造り』をしてみせて、広げた足と足の間に持ってきた矢を置いた。そして「こんなもん」と顔を僕へ向ける。矢の長さと足の開き幅はぴったりだ。

「なるほど。矢の長さ分ってそういうことか。じゃあ俺はもう少し広い方がいいのかなぁ」

提案してみると椎乃は『胴造り』を崩し、今度は「手を広げろ」とジェスチャーで言ってきた。指示どおり左腕を横へ伸ばせば、そこへ椎乃の矢が当てられる。中指と鏃が重なるように合わせられ、まるでそこから胸の中心までの長さを計っているかのような。

わあ、僕の腕と比べたら椎乃の矢って案外短いな。拳ひとつ分強くらい違う。こんなところにまで愛おしさを感じてしまう僕って末期では？ それを助長するように、サワ……と幾度か椎乃の前髪が僕の鼻付近をかすめる。ぐぬ、この近い距離感はマズい、いろいろ。邪念とかぎこちなさがグイグイ押し寄せるッ。

神棚へ視線を向けてどうにか気持ちを鎮めていると、椎乃は矢を持ったまま一歩半離れた。今度はその場にしゃがんで僕の足と足の間に矢を置く。筈が僕の右足の親指につくかつかないかのギリギリまで寄せられて、鏃から椎乃の拳がひとつ、ふたつ、と半分。くるぶしを叩かれて「もう少し開け」伝達される。

**『セージの胴づくりのはばはそんなもんだね。体にたたきこむように』**

「案外広いな。胴造りの踏ん張り、さっきよりしやすい」

**『じゃ、引いてみて』**

弓手と妻手を、大袈裟にならない程度に向こう側へほんのりまあるく持ち上げていく。小指側面は床と平行を保つよう意識しながら、かつ肩甲骨を下げて、力を入れすぎないっ。

続けて『引分け』。弓手をススと『大三』へ移動させていると、不意に椎乃が僕の弓手の肘に触れた。

「ぬぁっ」

うっかり変な声が出てまったけれど、正直仕方がないんだ。薄手の長袖の上から触れられたならまだしも、腕まくりした直接の素肌に触れられたんだからな！　だからドキーッと心臓が強く反応して、ついでに集中がプツン。しかし椎乃は無視の表情。しかも肘に触れ続けている。なんならグッと下へ下げようと力を入れてきた。……もしかして「引分けろ」ってことか？

弓手を押しつつ、妻手を引きつつ。椎乃はそうしている僕の肘を内側からガシリと掴み、ぐりんと立てさせた。肘の内間接を真正面へ向かせる、と言うと伝わるだろうか？

今までは肩や肩甲骨を下げることばかりに気を取られていたので、腕への意識はまったくしてこなかった。そのため、会のときに肘の内側はいつも斜め上を向いていた。どうやらそれはダメらしい。だって肘の内側が真正面を向いたら明らかに「なんか違う」と実感を得たのだから。

「肘の向き、大事だな。ここが『正しい』と、背中から腕にかけて伝わる力の向きが、全然違うの、むっちゃわかる」

　さっきまでは、何の気配りもせずただスルーンと腕を下ろしてきていたが、しかしそれでは背中から伝わってきた『弓を押す力』を肘で分散させてしまっていたようだ。本当の意味で『まっすぐ』になったことで、弓を握っている掌まできちんと力がかかる。弓を握る感覚すら違う。するとマメになりつつある掌が部分的にめちゃくちゃ痛い。うおお、な、る、ほ、どォー?! 鉄棒で逆上がりの練習をしたときを思い出す程度には掌が痛いが?!

「だ、大三通るときに、肘、立てるといい?」

　フルフルと振られる首。ぎこちない質問は『引分け』途中状態をキープしているのがジワジワとツラいからです。

「じゃあ、引分けながら?」

　ガクンとひとつ返ってくる。なるほど。

　次に椎乃は妻手肘に触れた。尚こっちも素肌であります。トン、と拳半分ほど後方へ小突かれる。ふむ、肘は今の位置よりうしろってワケね。

　加えて妻手の手先。曲がりすぎていたらしい手首を起こされて、角度調整なのかゴムを握っている親指をほんの少しだけ下へ向けられる。代わりに小指側はほんの少しだけ上向きに。

「あ、肩が楽だ」

妻手の肩から力が抜けた感覚がある。スッと肩甲骨が落ちるのがわかる。これなら余計な力を入れずに『会』を保っていられるかもしれない。

「だいぶ、違ったなっ」

だが保つことで手一杯で、声と妻手は激しく震える。ついでに二の腕もとってもツラい！　これ本当に合っているのか？　そんな僕の心配をよそに、椎乃は指でしきりに的を指している。指された方を目で追い顔を向けるが、すぐにわかった。顔をそっちへ向けろってことだ。

道場から見える的はなかなかに小さい。弓具屋で見た的枠はそこそこ大きいように感じたが、今は掌よりも小さく見える。もちろん物体の遠近は重々承知だが、そんなサイズのものをこんなに遠くから狙うワケだろう？　つくづく椎乃はじめ射手のスゴさがよくわか――。

「ヒョエッ?!」

しっとり冷たいようなほんのり暖かいような何かが僕の右頬に触れた。何だこれ?!　あたふたと眼球だけで確認すると、それは椎乃の指先だった！　しかもグイグイと押してくる。……ちょ、案外力が強い。ほっぺたの内側が歯に食い込むんだが。

意図が汲みきれずに互いにそうしていると、やがて椎乃の方から先に折れた。僕の右頬から手を離し、妻手をトトンと小突かれ「『離れ』て」とジェスチャーされる。伸びていたゴムがパチンと弓へと戻る。きちんと残心までやり切ってから足を戻し、一旦体配を終えた。

**『物見が浅かったから顔押した。痛かったらゴメン』**

ホワイトボードに書き込まれた文字を読んでようやくわかった。物見とは、『会』の状態のときに的(まと)へ向ける視線や顔の状態のことだ。

「そうだった、そうでした。外川からも言われたことあったんだ、『ちょっと浅めだから弓手(ゆんで)の肩に顎(あご)を乗せるようにしろ』って」

なんだか弓道って、身体全体でのひねりの動作が多い。端から見ていると単純で簡単そうに見えるのに、実際はものすごい運動量だ。

**『なるべく両目で的(まと)をねらわないと、矢の当たりどころがずれるの。ムリないていどでいいけど』**

「なるほどなぁ。あ、あと肘(ひじ)立てる必要性もよくわかったよ。力の伝わり方も実感したし。妻手(めて)の二の腕、椎乃に直されてからヤベェ痛かったんだけど、もしかして捻(ひね)ったとかかな」

フルフルと首を振るなりその答えを書いてくれる。

**『そこは下筋(したすじ)といいます。妻手(めて)は下筋が痛いくらいじゃないとちゃんと引けてないと思って。だからセージは、ようやく正解の引き方ができたんだよ』**

ほへぇー、とマヌケな声が出たところで、椎乃の口角がうっすらと持ち上がる。

「わかっちゃいたけど、やっぱ細かいとこは自分に反映させられるまで時間かかるな」

**『そりゃね。２週間かそこらでカンペキになられても困るしそんな単純なものじゃないし。急いては事を仕損じるってやつ』**

「……いそいては、ことを、しそんじる」

『急いては事を仕損じる　ひとつずつ着実に進めってはなし。セージっぽいでしょ、このことば』

たしかに、と思えて軽く咳払いをひとつ。そうしている間にくるりとホワイトボードを向き直り、椎乃は要点を書き出してくれた。

『・弓手の力の伝わり方　立てた肘→親指と人差し指の間（虎口）→弓の順番が理想
・顔向けはしっかり（正しいねらいのために）
・目線は常に的の上半分』
「的の上半分……そこが『ねらい』になるってワケな？」

『げんみつには左上だけどね。目線が的の上の方ってだけ』

「なるほど。実際にここ立つと的までかなり遠いなーって思ったなぁ。だから尚更、その遠くて小さく見える的の上部分を狙うって結構至難の業だよな」

後頭部をカシカシかきながら的を眺める。鍛錬さえすれば、僕でもあんな遠い的に届くようになるだろうか――そんな疑問を汲んだように、椎乃は書き出した要点の隣に長い文章を書く。

『届かないと思うから届かない。届けると決めこめば、誰だって安土にくらいは刺さる。的までのキョリなんて、的前で引いて、なにか悟った本数分だけちぢんでいくものだと思うから。だって、たった28メートルしかないもの』

「にじゅう、はち、メートル……」

なぞり呟いてみたものの、それが近いのか遠いのかなんてはっきりとはわからなかった。ただぼんやりと「二五メートルプールと大差ないのかぁ」なんて思えただけだ。

「実際の数字で考えると、むしろよくわかんなくなるね」

二八メートルの距離は、何かを悟った分だけ近くなる——改めて的を眺めながら思い耽ると、それがまるで僕と椎乃の心の距離みたいだなんて思えてしまって、少しだけ特別に見えてきた。……やっぱり僕って単純かも。

「今日までの練習中、俺が個人的に綺麗だと思う射形をトレースしながら引くようにしてたんだ」

崩れかけの胴造りの足先に視線を落としたまま、「実は」と本音がついつい洩れ出る。

「今、椎乃からもっと細かいとこまで教えてもらって、いかに真似しきれてなかったかが身に染みたけど、それでも毎度手本をイメージして引くのは大事だよな？」

**『まぁ、そだね。イメージは大事かな。なに？　とがわの射形でもマネしてた？』**

「ううん、椎乃だよ。今まで何人かしか見てきてないけど、結局椎乃より綺麗だなって思えた人はいないいし」

サラリと言ってしまってから椎乃の表情がみるみる歪んでいって、そこでようやく気恥ずかしさが追いついた。

本人を目の前に何を言っちゃってんだ僕！　これもう聞きようによっちゃ告白では？　さ、さささすがに違うか！　うおお、それにしても顔が熱い！　まともに顔を合わせられず逸らし合う。ぎこちなくチラッと見たホワイトボードに『**ゴム弓もっかい！**』と書かれていたので、慌てて腰骨に手をやった。

まぁ、その文字が多少なぐり書きみたいになっていたので『おあいこ』だな。この気恥ずかしさくらい構わないか、と無意識に踏み込んだ僕自身を許せた気がした。

◉

椎乃から楽しそうに告げられる『もう一度』がかれこれ六回目になる頃。朝食を終えたらしい西嶋師範が道場入口からにこやかに顔を出した。

「わはは、青磁。いい感じにいじめられとるなぁ」

随分と楽しそうに言ってくれる。だが助け舟になったことも事実だ。さすがに六回も繰り返せば椎乃の指導熱量が上がってきていたし、そりゃもう細かくみっちりと連続でしごかれてドシロートの僕がヘトヘトになりつつあったから。

「椎乃、そろっと何本か引いとけ。青磁はその間、そこ座って見取り稽古しぃや」

僕がついつい力いっぱいに「ハイッ」と返すと、椎乃はジト、と僕へ氷点下のまなざしを向けた。

……いや違うよ？　椎乃の指導から逃げたかったわけじゃないですよ！

それにしてもラッキーだ。約一か月前に胸を撃ち抜かれた射をこんなに間近で見られるだなんて。

それも、その場で弓を引く姿から細かい技術を盗めと言われている。僕は誘われたから興味本位で始めてみただけのドシロートで、本物の弓だってきちんと持ったことがないのに、それでも一人の射手のように扱ってもらえることが嬉しかった。

　畳にはもちろん正座で腰を下ろす。片や椎乃は弓巻き布をはずした弓に弦を張り、胸当てを装着してから鞢を着ける。当たり前だが、椎乃のその慣れた手つきをついつい凝視してしまっていた。西嶋師範が僕の右隣――椎乃と僕の間に割り入るように腰を下ろしたところでサッと視線を切ったけれども。

　準備を終え立ち上がった椎乃。その眼の奥がキラッとしていることに気が付いて、僕はフルリと身震いをした。いい。椎乃にはそのまなざしを、もっと長い間していてほしい。

　肘を張った両腕。その左手には弓、右手には四本の矢を携え『入場の姿勢』をとる椎乃。まもなくヘコ、と小さな一礼をしてから軽い摺り足で射位へ入った。前から三番目の立に左足――的に近い方の脚から入り、右足先で緩い弧を描くようにサッと足が広げられる。これがもっともきちんとした『胴造り』か。次はこれを真似てみよう。

　四本の矢のうち二本を、僕に『胴造り』の説明をしたときのように足先で横向きに置き、残りの二本はその手に持って半身を起こす。弓を胸の前の宙に立て、うち一本の矢をつがえる。もう一本は妻手の薬指と小指で器用にその矢先が握られている。まだ新しい椎乃のあの筈が弦を噛んで、ギチ、と音が鳴った。一旦その状態で、弓の下先が左の膝上に置かれる。

　しばしのち、矢から的へと椎乃の鋭く凛としたまなざしが向けられて、「きっとあの横顔をしているのだろうな」と斜めうしろから想像していた。

「ココだけの話な――」

コソコソと西嶋師範が僕の右耳に耳打ちを始めた。まさか話しかけられると思っていなかったのでびくと肩を跳ね上げたのだが、西嶋師範はそのまま耳打ちを続ける。

「――中学ンときの椎乃って、弓道をか、な、り、テッキトーにやっとったんよ」

西嶋師範の無精髭(ぶしょうひげ)がソワソワと僕の耳元に触る。数センチ距離を取ってハテナを返すと、なんだか少年みたいな笑顔を向けられた。

「し、椎乃が、ですか？　あんなにのめり込んで綺麗に引いてるのに」

「ハッハッハ、そりゃもーオレが鬼のように巻藁(まきわら)やらしたしなー。アレのおかげかな」

そうだった。この人は椎乃に巻藁練習をほぼ毎日二〇分間強(し)いた人だった。耳打ちから姿勢を変えた西嶋師範は、背骨に重心をかけるように胸を起こし、腕組みをする。

「中二の終わりまではほんま酷かったわ。なんぼ言うても射形(しゃけい)グッズグズで直らんし、直さんし、ただの『中て射(あてしゃ)』やしで最悪や」

中て射というのは、『ただ的(まと)に中(あ)たればそれでいい』という考えや、射形を無視した引き方をして結果をもぎ取るようなことだ、と外川からも椎乃からも聞いたことがある。正しい引き方をして丸を貰うのだ、と椎乃が何かの折に言っていた。たしかに、丸を貰うなら正しく行ったことで丸を貰いたいよなぁ。

「それでも的前に立つとほぼほぼ外さんから、まず試合結果が注目されて、認められて、ほんで学院大附属側からすんごい早い段階で推薦貰っちまったんよ」

「すんごい早いって……まさかその中二の終わり時点でですか？」

「そうそう、フツーありえんよね。でも浮かれてられんかった。絶対に射形直しとかんと、推薦はおろか入学まで取り消されちまう可能性があった。学院大の弓道部のセンセってのが、そりゃもーとにかく射形にウルッサイ人やしなぁ……ま、ギリギリ直ってほんまによかったんやけど」

「俺みたいに『初心者』で『出来ないことたくさん』のときが、椎乃にもあったのか……」

　どんなに上手な人だって、なにも初めから上手だったわけではない。どれだけご立派な有段者だって、悔しかったり歯痒い想いをたくさん経験してその地位にたどり着いたに違いない。そういうことを明確に理解すると、途端に距離が縮まったように感じる。丁度、的までの二八メートルが二五メートルプールと同じくらいかと認識できたときのように。

　タァン——椎乃が初手の一矢を中てた。離れのあとの形、残心のブレのなさ。そういうのを眺め見て感じたことを次の自分の理想の射形として上書きしていく。

「椎乃、今の弓手先行ンなっとったぞ。自覚あるか？　数ミリ差だろうと弓手先行じゃ引分けのリズム狂うし、しっかり意識しとけな」

　椎乃は浅い振り返りで西嶋師範へ首肯を返す。僕にはさっぱり何のことやらわからなくとも、熟練の椎乃には簡単に思い当たることだったのだろう。

椎乃が二本目の矢をつがえ始めたところで、西嶋師範はズリと僕へ数センチ寄った。そして再度コソコソと耳打ちされる。

「そーいやさぁ青磁。最近でも前でもいいんやけど、椎乃から相談されたりとかしとる？　主に人間関係で、っちゅうか」

「え？　あー……っと、別にわざわざ『相談』てワケじゃないですけど、なりゆきで聞き出しに行ったことなら。その、最近」

「わちゃあ、ほんま？　絶対アイツそんとき口悪かったやろ？　ホント申し訳ない」

「いや違うんですっ。俺が勝手に友達として頼ってもらいたくて、頼まれてもないのに首突っ込んだ、みたいな」

「んなこと言うて。アイツなんやかんや強引だったり頑固だったりするしな。大丈夫か？　付き合いにくいとこ無理してないか？」

「そ、そんなまさか滅相もない！」

ブンブンと過剰に首を振って否定するも、どうやら声が大きくなっていたらしい。西嶋師範は人差し指を口に当てて声のボリュームを小さく小さくと合図してきた。椎乃を向いた西嶋師範は「セージがそー言うてくれんならいいんや？」と独り言のように続けた。

「この道場のオレたち大人は、親戚のおっちゃんおばちゃん感覚で椎乃のこと面倒みとったから、アイツの特殊なとこくらい大きい懐でわかってやれるんよ。椎乃は自分の殻に閉じ籠もりがちゃし、独りで黙々と好き勝手にやってくタイプやし。弓だとそれが丸わかりやな」

フスーと鼻で深く吐きながら、西嶋師範は顎の無精髭をザリとさすった。

「でも同年代相手やと、なかなかココと同じようにはいかんやんか。系統は違えど全員椎乃と同じような熱量の言い分はあるし、出る杭は激しめに打ってしまう歳頃やし、色恋沙汰とかもドロドロしてくる頃やし」

ふと、椎乃が普段使っている『色恋沙汰』という単語は西嶋師範の影響か、と気を取られる。

「アイツ、歳の近い相手に『変だなー』とか『ややこしなー』とか、これまでたっくさん思われてきたんよ。今も思われとるかもしれんし、やっぱ勘違いされること多いと思うわ」

西嶋師範の馳せる表情は、午前中の陽光の反射に淡く陰っていく。それに比例して、声色もだんだん重さが増す。

「それでも、こういうなんでもかんでも許してくれるよーなヌルい場所には、たっくさんの可能性がある『ガキ』をいつまでも置いとかれん。だからオレたち大人は、アイツが生きてくフィールドをむりくり変えてやる必要があった。外の世界でいろんな試練にぶち当たって、それでも自力で立ち上がるような人間にしたるために」

あぐらに頬杖をついた西嶋師範の横顔が「けどまぁ」と言いながらようやくフッと緩んだ。

「そういう椎乃に、嫌な顔しんと辛抱強く傍に居てくれる誰かがいるっちゅうんは、心の底から幸せなことやと思うんよね。オレらが心配しとるよりもずっと、椎乃は人運に恵まれとるなーてな」

物見の入り具合、打起しの精巧さ。何度も実感するが、見ている分には簡単そうでも実際にやると難しい。

「スマンな、おっちゃんの小難しくてサムいひとり語り聞かしてしまって。椎乃が楽しそーにしとるの見んの久々やったし、きっと青磁からいい影響貰ったり、青磁の傍ならほとんど素でいれとんやろなーと安心したワケです。だから親心的なアレで、椎乃の代わりにオレからアリガトーて言うときたくて」

優しい言葉尻、慈愛の笑顔。そういう西嶋師範の雰囲気に同性ながらにドキリとしてしまう。ついでに『素でいれている』だなんて言われてアワアワしてしまった。

「青磁。弓の練習にも椎乃のワガママにも日頃から付き合ってくれて、ほんとアリガトーな」

「い、いやいや、俺は特に何も。というか俺の方が、椎乃から都度都度『道標』貰ってる感じ、です。だから、俺ばっかりずっと、椎乃に何か返せないかなって考えてて」

妻手がバチッと大三にハマる感覚が、椎乃の背面を見ているだけでわかる。弓手親指の反り返りは、弓の押し具合からだとわかる。

「弓引いてるときの椎乃が、誰より一番キラキラしてて、眩しくて、カッコよくて。俺、自分に何にもないって気付いて、ヘコんで、すっかり自分を諦めてたんですけど、『一歩ずつ、ちょっとずつでいいから進んでいけばいい』って椎乃が教えてくれたんです。そしたら最近、もっとずっと明確に『こうしてみたい』とか『やってみたい』って気持ち持てたり、ちょっとだけど自信も出てきたりして」

重さを感じない引き分け。山なりの妻手先。ピタリと合う口割。そして『会』の瞬間のあの横顔――僕が見惚れて勝手に射抜かれた凛としたまなざしが今、二八メートル先の的を突き破るために据えられている。

「椎乃に嫌なことがあったとき、不器用でしたけど多少甘えてもらえたんです。そのときに、何もできないと思ってた俺にだって、椎乃に返せる何かがあるんだって、なんとなくわかった気がして」

「そっかぁ。相乗効果あったんやねぇ」

「ままま、間違ってっかもしんない、ですけど」

こんなに近くで彼女の研ぎ澄まされた雰囲気に触れていると、思わず泣けてしまいそうだ。そういった僕の幼くて脆い予感が、背筋をソワソワと触っていく。こういうのを『感動』と、正しく呼ぶのだろう。

「師範って、椎乃の兄貴みたいですよね」

「ブハッ、兄貴て。んじゃ青磁は――」

ボスッ――鈍く小さな音。空間を割くような軽快ないつもの音とは違う。

矢は、安土と呼ばれる盛り土に刺さっていた。限りなく的の左側面に近いところだけれど、的に刺さったわけではない。小学生の頃から裸眼はいつもA判定の僕の視力が、椎乃の矢がはずれていることを視神経を通して脳へと無情にも伝達する。

「おーいおいおいおい、集中削がれとんのかいっ」

あぐらから「よっこいせ」と立ち上がった西嶋師範は遠慮なくカラカラと笑った。

「男同士の雑談に聞き耳立てとる場合かー？　せーっかく細かいとこ良くなってきたくせに、まさか今日の射会で中て射するつもりやないやろな？」

「…………」

残心のあとでゆっくりとこちらを睨み見てきた椎乃。ヒエエ、出た！　氷点下二〇度を下回ってくるほどの突き刺すまなざし！

「ハッハッハ、わかったわかった。勝手に青磁とお話してたからやんな。悪かったて、ちゃんと返すし。ゴメンゴメン」

「ゴゴゴゴメンナサイ！」

西嶋師範のあとに慌てて続いたが、椎乃は勢いよくプイと顔を戻し、弓へ矢をつがえ直した。やはり機嫌を損ねてしまったらしいが、間近で、それも聞こえるか聞こえないかの小さなボリュームで自分の話をされているのだから、落ち着かなくなることにも納得だ。

正座を正して気持ちを改める。三本目を打起こした椎乃へ二歩三歩と近付いていった西嶋師範が、射形や所作について静かに口を出す。椎乃はかすかな相槌でそれらを受け入れ、みずからに活かす。

逆光気味の二人の立ち姿は、陽光の眩いコントラストで随分と濃く見えているのに、休日の午前中の穏やかな空気感でまどろみと郷愁が僕にかぶさってくる。あぁ、いいなぁこういうの。落ち着くし、いい瞑想へ堕ちていける。

図らずも知れた椎乃の過去も、僕が見てきたこれまでの椎乃も、これからもっとずっと良くなるであろう未来の椎乃も僕はもっと知りたい。そして、一番近くで彼女を応援していきたいし、どうせなら椎乃にとっての一番の味方でいたい。

初めこそ、椎乃があんまり綺麗に弓を引くから彼女に強く興味を持った。僕にとっては完璧で、お手本で、いつだって椎乃が何に於いても『正しい』気がした。

だがそんな椎乃も、やはり僕と同じように多角的で、不完全で、弱くて脆いものをたくさん持っているのだ。そういうものを持ちながら決して自分を諦めず、いつも確固たる思想を持っている彼女は、あの日僕が諦めてしまった『理想の姿』によく似ている。だから彼女を追いかけたいと強く願うし、僕は彼女に輝きを見る。彼女の内側を知っていけば、かつて諦めた僕自身にもう一度なれるかもしれない――そんなふうに思えてしまうから。

ドッ――さっきの鈍い音に似た音が鳴って、椎乃が再度はずしたとわかった。何やら指南を受けているところを見ると、椎乃だって発展途中なのだと再確認できた。大丈夫、だって椎乃も僕と同じ高校一年生なのだ。

明瞭になりつつある距離感に、僕はまた少しだけ安心した。

正午から始められた西嶋道場開設記念射会は、西嶋師範の『矢渡し』で幕を開けた。

**『矢渡しは、射会が安全に行われるように安土に矢を通すギシキのこと。射手、第一介添え、第二介添えの3人が息を合わせる三位一体の意識が大事』**

「へぇ。椎乃は射手やるの？」

**『射手はその道場で一番位の高いひとがやるのが一般的だから、師範がやる。私は今日はとびいりだし、特になにもやらない』**

ホワイトボードに書かれたとおり、椎乃は僕の隣で矢渡しを見守った。観覧場所は、更衣室側の細い舗装された道端。道場入口から屋外へ出て、ぐるりと更衣室側へ向かって右に三度曲がるとたどり着く。更衣室の裏から安土のある屋根までまっすぐ三十数メートルといったところか。矢道――矢が放たれる中庭のようになっている外部の草地部分との境には金網フェンス、加えてそこに目の細かい網がかけられていて、矢が飛んできても危なくないようになっている。

西嶋師範が弓を引く姿は、さっきの雑談をしていたときとは違いきりりと凛々しく、見事なまでに研ぎ澄まされていた。

頑として動かないような重厚感ある胴造り。空気製の弓なのではと思えるほど軽々しい引分け。当たり前のように的へ吸い込まれる矢――師範の射は、ドシロートの僕が見てもたしかに師範たるにふさわしいとわかる。実際に僕が的前に立って見た二八メートルが、師範の射では極端に短く感じる。それくらい安定性が段違いだった。

　矢渡しが終わったその二〇分後から試合が開始。試合は個人戦で、六人立の立射形式。熟練度による差別はなし。立に入る順は完全にランダム。選手は全員がこの西嶋弓道場と縁のある人物だ。現在道場に通っている生徒さんはじめ、西嶋師範の弓仲間や先輩後輩、そして先代師範の関係者もちらほら顔を出しているらしい。

「運やな、運。今日道場に来たらはじめにサイコロ転がしてもらって、出た数のブロックに名前はめてくだけ。簡単で恨みっこなしやろ？　ちゅーか、たんにオレが『天賦』ってのが好きなだけねんけど」

　矢渡しを終えた西嶋師範に会いに行った際、どうやってトーナメント組みをしたのか訊ねたら返ってきたのがこれだった。ちなみに椎乃は、最後に残っていた場所に名前を入れられて、その結果五ブロック目の前から二番目に据えられた。

　試合ルールはごくごく簡単。六人がそれぞれ四本ずつ引き、丸が多い上位三名が第二試合へ進める。第二試合では丸が多い上位二名が、そして最終試合で一位から六位までを決めて終了だ。ちなみに、参加人数が三六人というまるで調整したかのような数だったのも、状況理解の補助になってくれた。

　椎乃は見事最終試合まで残った。ただ、椎乃を含む上位三名が揃って皆中だったため決勝戦の最後に『射詰』と呼ばれる形式で決着をつけることになった。

「射詰は、一射ずつ引いていって外れたら終わりの簡単な決着のつけ方でな。中て続けて最後に残った人が勝ち。ただし、全員が外したらもっかい引く」

「サッカーのＰＫ戦みたいですね」

「うんうん、そんな感じ。まぁ簡単な代わりに一本ごとのプレッシャーすんごいんやけどな」

僕の隣で解説をしてくれた西嶋師範は、これこそ天賦だと笑顔で言った。だが、そのプレッシャーに勝ってこその一位なのだろう。椎乃は四本までは丸が続いていたが、五本目で外してしまった。結果、椎乃は三位。くぅー、充分スゴいけれども惜しい！

『はずしたのは　まぁ　しょーがない』

薄い青空の下半分が朱色に染まりはじめた夕空には、カラスの声が遠くにふたつみっつと響いている。

私服へ着替え終えた僕と椎乃は、射会参加者が半数は帰った道場の引き戸の傍に並んで立っていた。

『変わらず　絶対中ててやる　っておもって　引いたけど　想い込めすぎて　中て射になってたかも　だからはずれたとおもう』

僕が「惜しかったけど本当にすごかったよ」と声をかけると、椎乃はいつものクールな面持ちでスマートフォンにそう打ち込んで見せてきた。片や、Ａ５サイズの三位の賞状をさも大事そうに胸に抱いている。

『でも　上手いひとたちと引けたの　すごくわくわくして　ひさびさに　楽しかった』

「俺も楽しかったよ。ゴム弓やってたからわかったこと、すげーあったしなぁ」

『やってみて　よかったでしょ』

「ハイ、センセーのおっしゃるとおりでしたっ。誘ってくれてありがとうございました」

ハハーッと深く頭を下げれば、椎乃はようやくクスと薄く笑んだ。

「そうだ、ゴム弓ありがとう。借りっぱなしだったし返しとくよ」

背負っているフラップ型リュックを前へ持ってきて、ゴム弓を取り出し椎乃へ差し向ける。これを返してしまうと、今後練習するときには自分用を用意しなければならない。ということは、また椎乃と弓具店へ行く機会（チャンス）ができるワケだ！

っとその前に、あのことについても訊いておかなければ。椎乃が自身の鞄へゴム弓をしまうのを横目に、軽い咳払いで声の調子と誘い文句を整える。

「あーっと……今週土曜、の、文化祭、なんだけどォ」

いびつに口角が上がり、変に声が裏返る。改まると過剰（かじょう）に緊張するのか、椎乃を直視できずついつい視線は夕空へ。

あれ？　ど、どうしよう。さっきまで言葉を散々用意していたはずなのに、いざってときに限ってひとつたりとも残っていないとは。懸命（けんめい）に思い出そうとしているが、逆に頭の中から適切語彙（てきせつごい）が消えていく。焦（あせ）りすぎて新たな言葉すら構築（こうちく）できない。だったら最終手段の『ド直球ストレート』で臨むしか道はない。そう、的（まと）へ放つ矢のごとく！

夕空から真横の椎乃へぐりんと向き直る。椎乃はビクとたじろいだが、この際構わない。ガバリと頭を下げた僕は「改めて、俺と一緒に文化祭まわってください！」と勢いのままに発した。

取り繕おうとも素で臨もうとも、どのみち格好がつかないのなら、きっとどちらでも羞恥心は同じだ。それならいかに誠意がこもっているかで差をつけていくしかない。

他の人からしてみれば、こんな僕はダサいだろう。だが「変につくろったりウソつくのほんとにへたくそ」とぶった斬られ、「なんかあるなってバレバレ。むしろ警戒する」と嫌悪感を椎乃に抱かせてしまったことは記憶に新しい。「はじめから素直に本音言えばいい」の言葉に従うとしたら、言いたいことや言わなければいけないことは、簡潔に、そしてきっぱりはっきりと告げ――。

「――いたっ」

下げた頭の後頭部をポコンとやられて、顔を上げる。

『何時にどこ』

ズイと突き出されていたその文面を見て、無意識にぼそりとなぞった。ええと、何時にどこ、とは……それって、まさか。

「来て、くれるの？」

『行かなくていいなら　喜んで行かない』

「いやいやいや、何をおっしゃる！　えと……朝一〇時から一般公開が始まるんだけど、でも俺、一二時まではクラス出店の役割あるから昼くらいからどうかなって、考えてはいる」

ふーん、とでも言いたげに顎をしゃくり、椎乃はスマートフォンにスイスイと打ち込みをしていく。

『じゃあ　12時半に　セージの学校の　校門までいく』

「わ、わかった。ありがとう！」

『べつに　だってはじめから　そーゆー約束だったし　ていうかさっき　合格あげたじてんで　文化祭いく覚悟　してたし』

「おん？　なんやまだ残っとったんかい。はよ帰れよ高校生ども」

カラカラカラと背中にしていた引き戸が開いて、道着のままの西嶋師範と数名の生徒さんが一緒に出てきた。咄嗟に互いに距離を取り合い『なんでもない』を装う。椎乃は西嶋師範に軽く頭を下げたので、僕は声で挨拶した。

「あの、師範。今日はありがとうございました。俺、部外者だったのに、大事な射会にお邪魔させてもらっちゃって」

「おー、気にしなや。青磁にしたら滅多に見れるもんでもないもん見れたんやし、いい経験になっとったら嬉しいわ」

やっぱり西嶋師範の笑顔は年齢を感じさせない爽やかさがある。むしろちょっと眩しいくらいだ。照れ笑いになってしまった僕は「ありがとうございます」と改めた。

西嶋師範と生徒さんたちがパラパラと別れたタイミングで、椎乃がトタトタと駆け寄っていく。西嶋師範へスマートフォンの画面を向けるも、僕の位置からではスマートフォンに何が打ち込まれているのかわからない。道場に来たときと同じように椎乃の背中を見つめるかたちだ。

「んー？　そやなぁ……自分で思てるより中て射にはなってなかったんやないか？　弓返りも去年

と違って自然で綺麗やったやんか、やでそんな悩まんとけ」

　励(はげ)ましを受けて、椎乃はしかしあまり納得のいかないように頭を下げた。

「大丈夫、椎乃は充分上手く引けるようなったんやし。あとは『自分の射(しゃ)』を自分で見つけてけばいいだけやん。しっかり同年代と切磋琢磨(せっさたくま)して、同年代と研究して、ときたま上手い人の射を見てな。そしたらまた上の段、ひとつずつ取ってけるようなるて」

　その言葉を終わりまで聞くよりも早く、椎乃は西嶋師範の道着の袖(そで)をガバッと掴んだ。ショートボブがバッと跳ねて、高い位置で視線がかち合ったのがうしろから見ていてもわかる。

　そこまで驚くような何かおかしなことを西嶋師範は言っただろうか？　優しい声色だったし、特に変なところはなかったと思う。だが、大事な賞状を持ったままの左手で捕まえたということは、椎乃は相当慌てたんだ。

「この道場でオレから椎乃に新しく教えられることは、もうなんもない」

　一旦視線を外し、右親指の高速フリック入力で返事を打ち込み始めるものの、しかし西嶋師範の声の方が圧倒的に速い。

「オマエは必要とされてる人ンとこで、『ひとりで』学ばな」

　身内に向けるものではない『外面(そとづら)』の微笑(びしょう)をした西嶋師範。椎乃の打ち込みはまだ終わっていない。それをわかった上で、西嶋師範は掴まれている袖を強く引き抜き「ほんじゃな」と僕たちに背を向けた。

「し、師範っ」

つい、僕の方がたまらなくなって声をかけてしまった。行く背をいち早く呼び止めるには声しかない。しかし椎乃は声を出さない。だから代わりというか、なんというか。

「青磁は気ィ向いたらまた練習見に来たらいいわ。見学はいつでも大歓迎てうたっとるし」

自宅の和風邸宅へ向かう大股の数歩の間に「練習続けとけよぅ」とひと声だけかけられる。しかしそれは、きっと椎乃に向けたものではない。

「………」

スマートフォンを右手に握りしめたまま、椎乃はじっと固まってしまった。左手の賞状にはクシャリとした握り跡が残ってしまっている。それだけ西嶋師範を離したくなかったのか。

今どんな顔をしているだろう、何と声をかけていいかわからない。しかし、椎乃があぁも露骨に焦るくらい、西嶋師範の今の言葉たちは椎乃が踏み出しかけた一歩をこともなげに断ってしまったのだ。

カラスの騒ぐ声が耳に障るようになったので、僕は「帰ろう」と静かに後ろから声をかけた。肩からずり下がる矢筒と、落としかけた賞状を預かり、俯いたままの椎乃の左手首を柔らかくさらう。

なんでもかんでも許してくれるよーなヌルい場所には、たっくさんの可能性がある『ガキ』をいつまでも置いとかれん。だからアイツが生きてくフィールドをむりくり変えてやる必要があった——あれはこういうことなのか、と僕は数時間前の雑談にきちんと意味があったことをチクチクと肌で感じていた。

# 6　本当の想いとポケットの中の高鳴る鼓動

射会のあと、『私　ここだから』と椎乃が自宅最寄り駅で下車して以降、就寝直前まで連絡がなかった。

『やっぱり　ひとりで考える　だから　しばらくメッセ送らないで』

ようやく来たこのメッセージからは、椎乃が深く落ち込んでいると嫌でも伝わってきた。ちなみに、僕に怒っているわけではないとわかるのは師範とのやり取りや椎乃の感情変化をリアルタイムで見ていたからだ。結局僕は『わかった』と返す以外に何もできず、文化祭にまつわる不安は形を変えて残ってしまった。

そんな気持ちのまま迎えた土曜の朝――文化祭二日目の一般公開日。空砲花火が上がった秋晴れは澄んでいて、一一月初旬にしてはスルスルと気温が上がっていった。おかげでクラスポロシャツの半袖が心地いいと感じる。

前日の金曜日は在校生のみで楽しむ一日だった。校内限定の練り歩きだとかミスコンまがいのステージショウなんかもあって、一日中『身内ネタ』で大盛り上がり。そのせいか、本番とリハーサルの間のような適度の緊張感と共に初日プログラムは順調に進んでいった。そして今日は気持ちも一新、在校生の待遇も『外向き』に変わる。

一二時過ぎで交代すると、僕はすぐに教室を飛び出した。しかし、廊下も屋外も熱気と興奮でごった返しているため、進みたい気力が削がれてしまう。どうにか「すみませんすみません」と縫うように抜けるしかない。

すれ違いざまに見たところ、『邪険にされつつも我慢ならず様子を見に来た保護者』『配られたチラシを目にしたであろう近隣の小学生たち』『受験の下見なんかもかねて緊張しながらやってきた中学生』『冷やかし半分の他校の高校生』そして『「懐かしい」という単語を言いたいだけのOBOG』なんかを確認できた。せめて僕が着ているこのクラスポロシャツがこの中の誰かの目に留まって、1Dの教室に足を運んでくれることを願いたい。

廊下から生徒玄関へ、そして校門までのアプローチを抜け、やっとのことで門扉に取り付けられた『城修祭』のアーチゲートにたどり着く。時刻は一二時一五分、一応約束の時間よりは早く着いたワケだが。キョロキョロするもさすがに椎乃の姿はない。僕は肩でフゥーと長いひと息をつき、腰に手を当て校舎を向いた。

あのときの椎乃が、西嶋師範の言葉のどこにショックを受けたのかは未だにわかっていない。だがよく思い返してみると、西嶋師範は椎乃に「戻って来るな」と言ったのではないかと思えてきたのだ。すでに時間が経って一言一句正確な言葉で思い出せているわけではないが、そう考えると椎乃のあの反応にも頷ける。そして、あのとき僕は反射的に師範を引き止めた。不穏な空気と椎乃の態度、そして師範から感じた『他人感』がヒヤリと怖くなったから。

「椎乃だって、あのとき何か変だと思ったはずだ。だから慌ててスマホに打ち込んで……」

加えて、先の女子先輩グループとのわだかまりの件もずっと気にかかっている。ハンバーガーを並んで食べたあのときの椎乃は、会話を進めるにつれ晴れやかな表情になっていった。解決策を思いついたかなどはわからないままだが、『なんとかしてみる』と言った彼女を僕が一番信じてやらなくてどうする。

「そうだ、限りなくポジティブになれよ佐々井青磁っ。祭りだぞ、祭り！　約束したこと思い出せっ。そう、一〇分経って来なかったら、そのときは二〇分待てばいいだけだ。つーか休憩が終わるギリギリまで待っ――」

「セイジエス？」

ふと聞き覚えある声がして、それまで潜（もぐ）っていた思考の中から現実へと引き戻される。改めて吸った空気はわずかに乾燥していて、ふわりと枯れ葉の匂いがした。何のことを言われたのかわからずキョトンとした顔で振り返る。

「なぁんだぁ、佐々井のエスかぁ。ふふっ、なんでわかんなかったんだろー？」

「マミちゃん！　びっくりしたぁ、ようこそいらっしゃいませっ」

「ふふ、いらっしゃいました」

細長い脚で一歩一歩と歩み来るのはマミちゃんだった。枝依学院大附属高校の白い制服に、頭頂部の大きなおだんごヘアは相変わらずかわいらしい。

「そのクラポロのデザイン、背中に名前入ってるのめっちゃいいねぇ。すぐ誰かわかるし、かわいいし！」

「あはは、ありがと」

あぁ、セージエスは僕の名前の『ＳＥＩＪＩ．Ｓ』を読んだだけか。僕こそなぜ気付かなかったのだろう、自分のことなのにあまりにもマヌケでは？

「そうだ。タマは今教室で店員役――」

マミちゃんの背後からコソ、と顔を半分だけ覗(のぞ)かせている『誰か』が目に入って、つい言葉を切ってしまった。見切れているショートボブヘアがふわりと揺れて、再度マミちゃんの背にサッと隠れる。かと思えば、マミちゃんは突然大きく駆け出して、僕の背中数歩先の城修祭のアーチゲートを潜(くぐ)ってしまった。

「先に大秀(ひろひで)くん茶化しに行ってくるぅ！　だから佐々井くん、エスコート頼むねぇ！」

マミちゃんはぶんぶんとその細長い腕を振り、僕がひき止める間もなく人混みの中へ消えていった。すっかり見えなくなったあとでそろりそろりと向き直れば、そこには気まずそうに目を伏せた椎乃がポツンと立っていた。マミちゃん同様制服姿で、いつものように左手にスマートフォンを携(たずさ)えている。

「……椎乃」

実際に本人の姿を見ると、それだけで胸の内側がふわりと軽くなったのがわかった。すると、それまで陰っていた僕の表情がようやく緩み、口角も自然に上向きだす。

「よかった、来てくれて」

ポロッと本音が出てしまった。しかし不思議と恥ずかしさはない。もしかしたらこれが文化祭マジックってやつかもしれない。

「マミちゃんと一緒だったんだ？」

恐々と踏み出した初めの一歩で、目に映る景色の明度が一気に上がった。一歩一歩と距離を詰めていきながらかすかに椎乃がひとつ頷いたのを確認。「そっか」と相槌をうてば、椎乃の右人差し指がスマートフォンの画面をスイスイと滑りだす。僕に言うべき何かを打ち込んでいるのだ。手を伸ばせば届くほどの目の前で立ち止まったとき、椎乃はこれまでと同じようにくるりとスマートフォンを向けてきた。

『杉中さん　タマノとまわるから　城修行くなら　一緒に行こうって　私の時間に　わざわざ合わせてきて　むりやりつれてこられた』

チラリと椎乃を見ると、どこかしょんぼりしているように映る。ぼそりと苦笑いで「連れてこられた、か」とこぼした途端、しかしズイと右掌を突き出された。これはもしや「待って」だろうか。息を呑むように閉口した僕は、椎乃の高速フリック入力が終わるのを待ちながら静かに深呼吸を繰り返す。

『ちがう　ウソ言った　ほんとは　ひとりで来るの　勇気でなくて　私が杉中さんに　頼んだの　一緒に行ってほしい　って』

ややあってから向け直されたスマートフォンの画面に、瞼がいっそう持ち上がった。そうじゃないかと思ってはいたが、まさか本人からこんなにも早く真相を教えてもらえるとは予測していなかったから。

『一人で考えるとか　メッセ送らないでとか　ひどい言い方したし　自分のことばっかりで　セージのこと振り回しすぎたから　もしかしたら怒ってるかもとおもって　そしたら　だんだんこわくなって　なのに自分から連絡　全然できなくて　きっかけもないし　どうしたらいいか　わかんなくて　いままで私セージにたくさん　えらそうなこといったのに　たくさんかっこ悪くて　それで――』

そんなことを考えていたのか――ふるりと身震いをした僕は、締めのひと言に心底驚いた。

『――ごめんね』

今の椎乃の心情を考えると、身体の内側のあらゆる柔らかい箇所が一斉にチクチクする。だって、僕が椎乃にやきもきしていた以上に、椎乃も僕のことを気にしてくれていたワケだろう？

「ううん、気にしてないよ」

そう思うだけで、僕の中のあらゆる感情が勢いよく混ざりあい、やがてくしゃりと表情を崩してしまった。椎乃の視線は右斜め下に向いたまま動かないので、この格好つかない表情を見られず済んでいる。

「放っといてほしいときって、誰だってあるじゃん。ホントに一人で考えたいんだなろうなって思ってたから、そういう面では俺の予想当たってたな」

さっきまで苦い気持ちが渦(うず)を巻いていたのに、椎乃がしおらしいとわかると途端にチャラになるだなんて。なんて現金でおひとよしなのだろうか、僕は。これだから『自分がない』のは困るのだ。だが、惚れた弱みというやつにはどうにも歯が立たない。ただこうして直接会話を重ねられるだけで『いい』と思えてしまっている。

『ハンバーガーのときと　おなじ感じで　また　私の頭整理するの　付き合ってくれる？』

重ために切り揃(そろ)えられた前髪の隙間から覗(のぞ)く、椎乃の黒茶のまなざし。それが今なお不安で占められているので、僕は口角(こうかく)を上げたまま「もちろん」と言い切った。

涼やかで湿り気のない爽やかな秋風が、僕らの周囲に柔く吹いていた。

◉

体育館へ続く渡り廊下付近の狭い階段は人気(ひとけ)も明かるさも少なく、文化祭中は通行止めになっているため丁度いいと思った。下階と上階の間は踊り場になっていて、そこで折り返してそれぞれと繋がっている。

僕と椎乃は、踊り場から三階へ繋がる段の適当な位置に並んで腰を下ろした。

『射会のあとから　ずっと部活だけ休んでる　でも　そろそろ辞めようかと　おもってて』

「そん……そ、そっか」

文章を作っては見せてくるというルーティンを繰り返す椎乃。僕は読み終えるたびに相槌(あいづち)をうっていく。

『例の女子の先輩たちと　折り合い悪いし　そもそも私　一致団結(いっちだんけつ)とか　超苦手だし　それに　杉中さんにも　これ以上迷惑かけ続けるワケには　いかないから』

「部活のときは、マミちゃんが間に入ってくれてるんだっけ」

『杉中さんには　ほんとに感謝してる　いやな顔しないで　他のひとたちとか先輩たちと私が　ギスギスしないように　一生懸命になってくれるから　私が一人で上手くできないときとか　孤立しそうな場面で　私より強くでてくれたこともある　誰かをひいきしたり甘やかしはしない　だけど　ちゃんと味方でいてくれる　弁護士さんみたいかな』

ほややや～んなあのマミちゃんが、気概(きがい)強く、それも矢面(やおもて)に立っていただなんて意外だった。

しかし椎乃がここまで言うのだから相当強い味方なのだろう。裏表のなさそうなマミちゃんなら、いつだってツンケンして誤解されがちな椎乃を放っておけなかったに違いない。

『私ね　団体とか　一丸となってとか　昔からすんごく苦手　だから師範の道場では　ほとんど個人戦しかやらなかった　でも　部活動って　チームワークでしょ　そもそもとして　私には　水が合ってなかったんだなって　思い知ったワケ』

「そう思い当たることって、女子の先輩たち？」

『それもそうだけど　競技の面でもね
たとえば　セージも見てた　あの練習試合の団体戦　組分けに納得いってないまま進んで　ホント最悪だった　どうして一本も中てられないひとのために　私が中ててやらなきゃいけないのか　全然わかんない　私は　確実に強いチームで　確実にマルが欲しいの　負けるかもしれない戦績しか収められないのは個々人の責任でしょ　私も一緒になって　バツつけられたくない　私もへたくそだと　おもわれたくない』

　椎乃の言いたいことはわかるが、団体戦の重要性というのはそういうことではない。どちらの観点もわかるだけに、僕の渋面は深まっていく。

『気分悪くなる使い方されるくらいなら　弓引くのは　部活じゃなくていいや　っておもった　だからなおさら　部活辞めようかなって』

「でも、まだ辞めてないんだろ？」

　顔を見合って、椎乃はまもなく視線を逸らして小さく頷いた。

『スポ推で高校入った私が　部活辞めるとしたら　高校自体を　辞めることになる　けど　高校辞めるのはさすがにって　親に止められた　だから今　部活だけ休んでる状態』

「そうだったのか。たくさん苦しかったな、椎乃」

　と言いながら、なんてありきたりなことしか言ってやれないんだと自嘲していた。椎乃はそんなどうでもいいことを聞きたくて僕に話しているワケではないだろうに。

『ちょっと前まで　たとえ部活辞めたって　師範の道場があるから大丈夫　っておもってた　でも射会のとき　全部辞めて　師範のところで弓がやりたい　って勇気出して言ったけど　すっぱり断られた　師範は「そんなんあかん」しか　言ってくれなかった』

あの件だ。西嶋師範が雑談のように僕に話してくれたこと。ぬるま湯状態の環境に椎乃をいつまでも置いておくわけにはいかない、というあの話。

『だから帰る間際　道場の入口で師範を待って　もうひと押ししなきゃとおもった　あのメンバーの射詰で　三位に入賞したし　実力も射形も完璧だって示せたし　だから　もっと必死に訴えれば　師範ならわかってくれるって　信じてた

でも師範　私が全力で掴んだ手を　むりやり振りほどいて　ひとりで学べ　って言った　あれでもう私が自由に弓引ける場所はないんだって　独りになった気がした』

ズキン、と胸の奥の深いところが鋭利に痛む。椎乃の悲しみが僕にも痛々しく刺さるようだ。

『私　どこにも居場所ない

部活じゃ　高慢なひとだと思われて　私生活じゃ　声出して会話しない面倒なひとで　最後の砦だと思ってた師範にも　みすてられて　きっとこれ以上　マルを貰える場所はないの』

ざわざわと不穏な気配が渦を巻いて、読み進めるなかで無意識に自分の左手をギュウと拳にしていた。

『それって　誰にも必要に思われてない　ってことなんだなって　そうわかっちゃったら　弓引くのすら

嫌になった　だから弓道にもふれていたくなくて　なにも手につかなくて』

「違う、絶対そんなことないっ。椎乃が誰にも必要と思われてないなんて、まして椎乃に弓道を捨ててほしいなんて、誰も考えてないよ！」

つい、たまらなくなって言い放ってしまった。それが呼び水となって、どんどん言葉があふれてくる。

「正直俺は、弓道に限らず、椎乃がそんだけ苦しいことなら辞めたっていいと思ってる。だって、椎乃の魅力は弓道だけじゃないって知ってるから」

驚いた顔をした椎乃は、スマートフォンを持った右手をそのままに僕を見つめていた。うっすらと開いた口から細く息を吸い込んでいる。凝視がはばかられて、僕は視線を俯けた。

「そ、そりゃ初めは弓引いてる椎乃がカッコいいと思って釘付けになったけど。でも、椎乃と話したり一緒にいればいるほど、椎乃のいいとこは一個ずつ見えてくるし。みんなきっと、まだ椎乃がどんだけいいヤツかを、ちゃんとわかってないだけだと思う」

スンと鼻を啜る音が聞こえて左隣の彼女をチラリ。すると、彼女のコロンとした深い黒茶の双眸がゆっくりと潤んでいくのが見えた。僕は下唇を噛んで緊張や邪念を払い、もう一度椎乃を見つめ直す。

「たとえ辞めたことで同時にたくさんのことを諦めることになっても、椎乃の選択は椎乃の正解だ、って俺は思うよ。最初の日に椎乃が俺に言ってくれたように。でも、今が『思うような環境じゃない』のと『誰にも必要とされてない』って感じるのは、絶対にイコールじゃない。椎乃を排除しようとする人がそこらじゅうにあふれてるワケじゃないし、まして椎乃は弓道に絶対に嫌われない。むしろ逆だ、椎乃は弓道から選ばれてる。それだけは俺、胸張って言えるよ。二か月弱だけど、傍でずっと見てきたんだからっ」

そっと、僕の左手が勝手に持ち上がる。あれ？　と注視すると、それはいつの間にか椎乃の右手を強く掴んでいた。勝手に動いたと思ったのは、椎乃がスマートフォンに文字を打ち込むために自分の腕ごと持ち上げたからだ。

驚きのあまり「わあ?!」と慌てて手を離しつつ謝罪。いやいやいや、いつの間に椎乃の腕を掴んでいたんだ？　椎乃、痛くなかったろうか。さっき感情を抑えるためにギュウギュウと握ってしまったから。

『そうだよね　セージは　出逢ってからずっと　私の傍にいてくれた』

三〇秒かそこらで仕上げた文字並びを見せてくる。その表情は今にも泣き出してしまいそうな、椎乃からは見たことがない表情だ。

『なのに私　自分の目の前しか見てなくて　孤独だとか　居場所ないとか　思い込んで　勝手にすねて何度もセージのこと　見えてないみたいにしてた』

読み終わるかどうかのギリギリで、僕とのわずかな隙間にスマートフォンを置いてしまった椎乃。空いた右手が僕の背中から右脇へ回され、左腕も僕の腹側から右脇へと伸びてきて。

気が付くと、椎乃の頭は僕のどうってことのない胸板にポスンとぶつかり収まった。椎乃の上半身が僕へ寄りかかる。ダイレクトに椎乃の大して重くない重さが預けられる……あの、つまり、不意に抱きつかれているってことなのだけれど！

待って待ってヤバいヤバい、絶対に心臓の音を聞かれたらヤバいって！　色恋云々を意識しているのバレちゃうって！

「ししし椎乃、どうし――」

言葉を切ったのは、着ているポロシャツの鎖骨あたりに水分を感じたから。僕から染み出しているワケがないし、しかも位置的にもしや、涙なのでは？

脇腹から強く締められる。しがみつくみたいに強い。小さくながらもひぐひぐと不安定な息づかいも聞こえてきた。意を決した僕は、右手で肩に触れ、左手で後頭部に触れる。やわやわと髪の流れに合わせて撫でると、彼女による拘束がほんのり弛んだ。

この娘は日常的に、リュックも弓具も弁当もその身体に引っ掛け、加えて軋轢や感情齟齬などの目に見えない苦悩まで抱えている。一五〇センチくらいの小さな身体が独りで持ち続けるには重すぎるんだ、絶対に。水風船が一気に破裂するように、今までろくに消化できずに溜まっていった不平不満を吐き出すことで、感情が昂ってしまうのも納得だ。

「あの……部活とか学校のことで俺が直接力になれるかは正直ビミョーだけど。たとえば誰も椎乃にマルくれないっつーなら、代わりにいつでも俺が傍にいて、椎乃の得点板にマルつけるよ」

椎乃がしがみついたままなのをいいことに、言いたいことが滑り出る。バクバクの心臓は一旦無視だ。

「四本分じゃ足んなければ、何本分でもマルにする。だって、今までずーっと霞がかってた俺の的に確実に中ててきたのは、椎乃だけだからね」

ドンと胸板にグーを入れられて、顔を俯けたままそっと離れた。全然痛くないパンチ。だがわかる、これが照れ隠しだろうことくらい。

「前にも言ったけど。椎乃がツラく思ってることは、矢筒預けるくらいの気軽さで俺にも持たせていいよ。ホントはすんげーツラいのに、意固地になって見ないふりしてたらだんだん麻痺して、結局わかんなくなって壊れちゃうでしょ」

鼻を啜るスンで「うん」だと認識する。かすかにホッとした僕の頬が緩んでいく。

『セージといたら　素直でいる意味とか必要性　なんとなく　わかる気がしてきた』

スマートフォンを手に取り直し、俯いたままそう向けてきた椎乃。

『こんな私でも　途中で投げ出さずに　いろんなひとの話聞いたり　納得いかないこと話し合ったり　できるかな』

「部活の人たちとか、例の先輩方と、もう一回話してみようと思ったってこと？」

確認するように覗き込むが、椎乃の涙の目元は更にボブヘアで隠される。『しょーがないからね』を打ち込んだスマートフォンが僕に押し付けられて、背負っていたリュックの中から取り出したハンカチで目元をしきりに拭っていた。そのハンカチで鼻から下を覆い、押し付けたスマートフォンをぎこちなくさらって再度入力される。

『よく考えたら　部活のひとたちが　私に具体的にどうしてほしいのか　何も伝えてもらってないし　だから話し合いになんか　はじめからなってなかった　ってことだし

それに　私がいうこと聞かないせいで　色恋沙汰でごたごたしてるの　見て見ぬふりされてるからだったらまず　部活の方針と折り合い付けて　それでこっち側につかせちゃえば　うまく進むかもしんないよね　杉中さんだけに負担させなくて　済むかもしんないよね』

「いいじゃん、腹黒計画。てか報復みたいにされてたなら、椎乃が意固地になっちゃうのも納得って俺は思ったよ。そこを折れてやれる椎乃はスゴいと思う」

真意はそうではないことくらい、僕にもわかる。きっとどちらも引っ込みがつかなくなっているのだろうし、頑なに意見を聞かなかったのは椎乃の方だったろう。でも今は正論を説く場面ではない。寄り添いつつ背を押すべきだ。

「この前、俺にも言ってたもんな。『相手が誰だろうと、したいことは言い合って相談したほうが絶対にいい』って。『フェアに臨めば諦めなくて済むし、きっとどっちも成長する』んでしょ？　そしたら、いろいろ変わるんじゃない？」

ゆるゆると口角を上げる僕。わずかに赤くなった目元がようやく僕を向き、自信がなさそうに薄く笑んでいた。

『こんな感じで　師範とも　ちゃんと話したいかも　私に弓道おしえてくれた師範も　あの道場も　生徒さんたちも　わたしの原点で　なにより大事だから　私から手放したくない』

「うん、また話しに行こうよ。大丈夫、師範も他の人たちも、椎乃のことすんげー大事に想ってるから」

恐る恐る顔を上げた椎乃の眉間がきゅんと詰まっている。これは訝しんでいるなと覚り、新しく打ち込まれる前に言葉で遮る。

「あー実は、椎乃が射会前に練習してるとき、師範が言ってたんだ。『椎乃には外の世界でいろんな試練にぶち当たって、それでも自力で立ち上がる人間になってほしい』って」

あの日僕だけが聞いていた、西嶋師範がどれほど椎乃を思い遣っているかという話。それを思い出すと同時に、あの午前の陽の光と匂い、そして影になった床板のコントラストまで鮮明によみがえった。

「『椎乃を自分のもとに置いておくとなんでもかんでも許してしまう。それじゃ椎乃をダメにするから、敢えて外の、それも椎乃が苦手なところへわざと送り出した』って。『椎乃なら人運にも才覚にも恵まれてるから上手くやれる』とも言ってた。だからあの帰り際、師範はわざと突き放すみたいにしたんだと思う」

半信半疑の『疑』のほうが格段に多い表情だ。ふるふると下顎が震えて、脱力するように文字が打ち込まれていく。

『かいかぶりすぎ　二人とも　こそこそなに話してるのかと　おもってたけど　そんなこと　話してたんだ』

そうして再び椎乃に涙を流させてしまった。「ごめん、もっと早く伝えておけばよかったんだけど」と鼻先を俯けると、椎乃は大きくブンブンと首を振った。

『そんなの　言葉にしないんだから　わかるわけないじゃん　って　今度改めて　師範の足　踏みにいかなきゃ』

「……あは、いいと思う。また一緒についてくよ」

ハンカチをたたみ直して面を変え、伝う前の涙を吸わせて落ち着ける。

『いままでずっと　めんどくさいことから　全部逃げてきたけど　そんな私が　いろんなひとの話　いろんな言い分　ちゃんと最後まで聞けるか　すごく不安　声だって　そうやってすてたから』

「声のことも、俺に話してもいいの？」

『むしろ　セージくらいにしか　吐き出せないけど』

そう向けながら、またきゅんと椎乃の眉間が詰まる。

『ていうか　いまさっきセージが言ったんじゃん　ツラく思ってることは気軽に持たせていい　って　声のことは　持ってくれないの？』

たしかに、と思う反面で「ももも持つに決まってるですっ」と前のめりに首を縦に振ってしまった。

「あの、誤解なく伝えたいのに言葉ヘタクソだったら申し訳ないんだけど。俺、椎乃がツラかったこととか嫌だったことの中身、気にならなかったことなんて一日もないんだ。だからホントはずっと、椎乃の声のこと心配してたよ」

スマートフォンは握られたまま、動かない。椎乃はじっと僕の目を見ている。吸い込まれそうな錯覚をするほど僕も目が離せなくなっていく。本心を吐露しているから尚更だろうか。

「椎乃が何に傷付いてるのか。自分で作った壁の向こうでホントはずっと泣いてるんじゃないか。そうやって、実はずっと気になってた。でもこっちからほじくるのは違うって思ったから、ずっと黙ってたし考えないようにしてたんだ。俺、椎乃が声で喋らないことたまに忘れるくらいには、そんなこと関係ないって思ってたし……あ、あの、どうでもいいって意味じゃないからな？　声使わないから対応変えなきゃとか、そういうことがまったくないってこと」

伝わる？　と恐る恐る訊ね返すと、椎乃はスンと鼻を吸り、繋いでいた視線を切った。タプタプとスマートフォンへ言葉を打ち込み、しかし決まりが悪いのかいくつか消して打ち直し――たかだか二分少々だというのに何十分にも感じた文章作成時間は、椎乃の困ったような薄い笑みとともに終了した。

『私が　声出さなくなったのは　筆談が性に合ってたから

もともと声が小さくて　大きな声で返事しましょうとか　すごく苦手なの　あと　意見求められたときに　急に言葉が出てこない　だから　たとえば教室で発言しても　茶化されがちで　ヤな想いばっかりし

た　そのたびに　いちいち傷ついて　めそめそ泣いてた』

　なぜだろう、簡単に想像できてしまう。目の前で机に突っ伏し泣いている小学校低学年の椎乃が目に浮かぶ。

『小6の冬　ひどい風邪ひいて　ほんとに声出せなくなったとき　病院の先生が　筆談してくれた　そのとき初めて　会話してもラクだな　って思えた　文字書いてる間は　黙って待ってもらえる　だから　ホントに言いたいことだけ　選んで話せる　それがストレスフリーで　そこから筆談生活はじめた

筆談を周りに認めてもらうために　親と何度も話しあって　協力してもらった　勉強もばりばりやった

先生からの印象　悪くならないように　弓道と同じくらい　死に物狂いで努力した

代わりに　トモダチは減ってった　たぶん　私と話すのがめんどうだから　周りは大概　カワイソーって　言ってきたけど　実際にそう思ってるひとは　ひとりもいない　筆談にしても　からかわれることなくならなかったし』

「それが『冷やかしまじり』って前に言ってたやつ？」

　瞼を伏せて肯定したあと、数秒してから打ち込みが再開される。

『他人の不幸ほじくって　陰でわらうのは　どこ行ってもなくならない　私がフツーじゃないことしてるから　見物しに来て　きゃあきゃあして　ハケてく　そんなひとばっかりだった　私は　声が出せないんじゃなくて　自分から出さないんだから　カワイソーなんかじゃない　そうやって殻にとじ込もって　だから周りを　にらむみたいにしてた』

初めて対面したとき、やっぱり僕もそれだと思われていたワケだ。だからあんなに椎乃は怒っていたし、電車で弓をひっかけたときも眼球だけを動かすようにして見てきたのだろう。

『年齢上がると　色恋沙汰が絡（から）んできて　望んでないのに　付き合う付き合わないを　押し付けられてわらわれて　なのに私が反論したら　ヒドいとか口悪いとか　勝手なことばっかり　まぁ　口悪いのは否定しないケド』

ふぅ、とあからさまにひと呼吸を置いて、椎乃は言いたいことを打ち込んでいく。

『私　さっきまで本気で　声と同じように　弓道もすてようとしてた　でもホントは　弓道まですてたくない　弓道は　声がなくたって　私が私でいられる　大事なものだから』

「うん、いいんだよ。誰だって一度や二度は、自分の大事なものから離れる時間が必要なときあるって」

うるうるした椎乃のまなざしに笑顔を取り戻したくて、僕が代わりに笑顔をつくる。

「それに、たとえ離れても戻りたくなったら戻っていいんだ。戻っちゃいけないルールはないんだしさ。つーか、『選ばれた人』なら戻ってくる確率スンゲー高いだろうしな」

なんとなく自然と右手が出てきて、椎乃の目元を優しく拭（ぬぐ）う。まず中指の先が頬に触れ、親指を下瞼（まぶた）から目尻へほぼ圧力のない力加減で滑らせる。反射的に目をつむる椎乃にどきりとする。こぼれるまではいかない涙粒（なみだつぶ）は、僕の指先とほぼ同じ温度だ。

ふと、彼女の膝頭（ひざがしら）がもじもじしたのが見えてしまってぎくりとした。いやいや、いくらなんでも触りすぎでは？　大反省と一緒にぎこちなく手を引っ込める。

なんだかさっきから、理性と本能でブレーキとアクセルを踏み合っているみたいだ。トモダチでなければいけないと思えば思うほど、どんどん勝手に椎乃を異性として意識する方向へ踏み込んでしまう。

互いに何も言えないでいると、遠くでコピーバンドの歌声が聴こえていた。クオリティが高いと話題になっていた彼らは、当文化祭のステージ演目の目玉だったはず。どおりで輪をかけて校内に人気がないワケだ。

それなら、と生唾ごくり。意を決して自分の制服スラックスの左ポケットをそっとまさぐり、例のアレを取り出す。

「あのこれっ。じじじ実はその、ずっと渡したくて、持ってたんだ。ほ、本当はもっと早く渡す予定だったのに、どうやって渡そうか考えてるうちに何度もタイミング逃して、結局、こんなビミョーな渡し方に……。む、ムードも脈絡もなくてゴメン、なんだけど」

包んでもらってから時間が経っていることや、ほぼ毎日僕のポケットに忍ばせてあったことで多少よれてしまった、小さくて薄い紙袋。まだ赤みの引いていないキョトン顔へ差し出すも、やはり素直に受け取ってはもらえない。

右手に持ったままのスマートフォンの上へそっと置き、僕から椎乃へと完全に渡してしまう。いざ渡してしまうと恥ずかしい。首の後ろに手をやって斜め下へ視線をやると、もう椎乃がどんな顔をしているかなど想像できなかった。

　そう思った矢先。

　なんだかガサガサと聞き慣れた音が。恐る恐る顔を戻すと、椎乃はさっそく紙袋の封を開けて中身を取り出しまじまじと眺めていた。ギャアッ、マジ?!　もうここで開けちゃうの?!

「ちょ、待っ！　は、恥ずかしいからせめて家――」

　あたふたしている僕の言葉が止まる。だって椎乃の表情が、今までに見たことがないほどふんわりとまるく、芳しいほど桃色の雰囲気だったから。こっちまで泣けてしまいそうなほど胸に刺さる愛おしさで満ちていて、どうにも目が離せない。

　こんな表情をしてもらえるなら、もっと早く渡しておけばよかった。いや、それとももっと引き伸ばしておいた方が――悶々としていると、まるで「これって」と言いたげなまなざしが僕を向いた。「う、うん」と照れ混じりに説明を始める。

「し、下弽です。椎乃へ、いろんな感謝と応援の気持ちで、前に買ったんだ」

　白地に、蛍光色に近いようなパリッとしたオレンジ色の矢絣模様の下弽は、椎乃の弓道ライフが楽しくなればと思って選んだ。決意を新たにした今ならば、もっとも後押しできるアイテムではないだろうか。

　たたんであった下弽は簡単に広げられ、そして同時に気付かれる。左手首に半周分巻きつけるための布の内側に僕が書き加えた小さなひと言に。当然それは、マミちゃんが教えてくれた『寄せ書き』の例をなぞり文字を入れたワケだが、「書くならここ！」と外川が薦めてくれた箇所でもある。永澤ちゃんだけが気付くな、と耳打ちしたのは玉野だったが。

「俺が椎乃を初めて見たとき、あらゆるものが全部持っていかれた感覚になった。それまで俺、自分にホントに何もなさすぎてモヤモヤイライラしてたのに、椎乃の射を見たあのとき、そういうのがズバッと一気に晴れた感じがしたんだ」

今でも忘れられない、あの衝撃。きっとあんなことができるのは、才覚があるほんの一部の人だけだ。

「初めて話したとき訊いてきたよね。『他にも皆中してるひとたくさんいたのに　どうして私なの』って。その答え、最近やっとわかってきたんだ。言葉悪いかもだけど、椎乃の射を見たり椎乃と接したりしてると、俺にもパアッとするような何かが起こるんじゃないかなって思えたからだって。俺はやっぱり、弓引いてるときの椎乃の凛とした横顔、いつまでも忘れられなかったからさ」

丁寧にたたみ直される下諜は、もとのように袋の中へ入れられた。

「な、なんか俺、さっきから言ってることめちゃくちゃだよな。弓辞めてもいいとか、弓引いてるときが忘れられないとか。で、でもマジで、たとえ椎乃が弓道やってなくたって、声出して話してでもそうじゃなくても、椎乃は椎乃なんだ。結論、椎乃がどうであれ、俺の椎乃に対する気持ちだけは絶対変わんない。それだけは自信持って言える」

こんなのほぼ告白だ。だが椎乃は僕のことを恋愛対象としては見ていないはずだし、まわりくどい言い方が嫌いなワケで。直接的表現を使わなければ僕の本心がバレることはな――

「――ありがと」

「……はぇ？」

何だ、今の声？　明らかに近くから聴こえたが、遠くで反響している校内アナウンスやコピーバンドと聴き比べても確実に違う。ぐりん、と後ろを向く。誰もいない。がばりと立ち上がり、階段の下階を見に行く。やはり誰もいない。

初めて聞く声色だった。低めのソプラノというか、高めのアルトというか、とにかく音域としては高い方だろうが耳障り(みみざわ)なものではなかったことだけははっきりしている。

目が点の状態でぽてぽてと椎乃のもとへ戻る。今のはまさか、と小さく口に出す。

「まさか、し、椎乃？」

「…………」

睨(にら)むように僕を見ていた椎乃は、小さくてぎこちない首肯(しゅこう)を返してきた。

「も、もっかいっ！　もっかい何か言ってみて！」

椎乃の目の前の段で膝(ひざ)をつく。下から覗(のぞ)き込むように椎乃の顔を間近に見上(みあ)ぐ。上半身を仰(の)け反(ぞ)らせるように顎(あご)を引いていく椎乃は、思い切り嫌そうな顔をして、しかし頬をカアと赤くしている。

『やだ』

ノールックの打ち込みを見せられて「そ、そんな殺生なぁ！」と大きい声を出してしまった。途端にブンと顔を背けて立ち上がる椎乃。制服カーディガンの右ポケットに下碟をしまいながら、ずんずんと僕の脇を抜けて下階へ降りていく。

『はなしてたら　お腹すいた』

踊り場で振り返り、突き出すように見せられるスマートフォンの画面。

『あの６００円分　なんか買って　甘いのがいい』

眉間を詰めて、口を山なりに曲げて、頬は赤くなっている。クスッと噴き出した僕は「かしこまりましたよう」と立ち上がる。

『てはじめに　弓道と　仲直りしたい』

見たことがないしおらしい一言。僕の胸の奥は愛おしさでいっぱいになる。

一段抜かしで階段を降りた僕は、椎乃の右隣へ並び直して「じゃあこっち」とスマートフォンを持つ右手首を柔く引いた。

◉

椎乃がご所望の『甘いもの』で真っ先に思い浮かんだのは、なんと言っても三年生のベビーカステラだ。鈴のような丸い形の焼き菓子で、メープルシュガーの甘い匂いが際立っている。プラスチックカップにコロコロと八個程度入れられてあり、こんもり詰まれたそれをピックで口に放り込む様は、食べ歩きにベストマッチ。だから味も人気も二重マル。

二年生の飲み物テントでミルクティーをふたつ購入。市販のMサイズのプラスチックカップへ、その辺のスーパーでも購入できる二リットルペットボトルのミルクティーを注いでもらっただけなのに、どうしてこうも特別感が出て妙に美味く感じるのだろう。完全に祭り屋台マジックだよなぁ。

「よーす、外川。お疲れぃ」

校舎裏の渡り廊下から外へ出て数百メートル先に部室棟(ぶしつとう)がある。そこまでの道中にテニス部、バドミントン部、体操部や水泳部などが出店用テントを構えていて、その末端がようやく弓道部のテントだ。

「あ、セイちゃーん！　やーっと来てくれたぁ。もー、めっちゃくちゃ待ってたんだよぅ、二人とも」

「わりーわりー。許してくだせぇ、外川大明神(だいみょうじん)」

弓道着姿の外川を見た椎乃は、半歩分だけ僕の後ろへ下がった。それは初めましての人と顔を合わせる居心地の悪さか、はたまた距離を置きたがった弓道が間近に迫っているからか。

「初めまして永澤ちゃん。外川琢心(たくしん)です。セイちゃんより頼りがいがあってタマより紳士な弓道部員だよぅ。なんちゃってぇ」

柔らかい外川の話し方やほんわーとした笑顔に、張り詰めていた緊張感もあれよあれよで抜けていく。僕の陰から小さく頭を下げた椎乃は、僕にベビーカステラのカップを預けて文字を打ち込んだ。

『永澤です　セージからお話はたびたび』

「へーえ、セイちゃんはたびたび俺のこと永澤ちゃんに話してくれてるのかぁ」

「ご、ゴム弓のときに、話しといたから」

『トガワの個人評価　見事に正鵠（せいこく）を得（え）てるね　3人の中なら　トガワが一番まともだと思う』

「えー？　やった、ありがとー」

「えっ?!　なん、俺はっ？　俺もまともだろ？」

「ねぇねぇそれよりこの前の地区大会、永澤ちゃん個人戦優勝だったじゃん。あれ本当にスゴかったなーって思ってさァ。すっかり時間経ってるし遠い関係性からだけど、改めておめでとうございます」

『どーも　ていうか　フツーに練習してれば　誰だってあれくらいにはなるでしょ』

「あっはっは。じゃあ永澤ちゃんに追いつけるよう、これからもフツーに精進（しょうじん）しますわ」

「とがっ、外川はあのときの男子個人戦で、五位だったよっ」

『ほらやっぱり　トガワがどのくらい　弓に真剣に取り組んでるのかなんて　セージのゴム弓の成果みれば　すぐわかるもの』

あれ？　ここまでの一連の椎乃の発言って褒め言葉だったの？　ソワソワと様子窺（うかが）いをする

傍ら、しかし外川は既に僕よりも正しく受け取ったらしく、にっこにこで「うんうん」と頷いている。というか僕の挟まる隙がないのだが。二人は意外とウマが合うのか？

「そういえば弓道部の出店って結局何？　めちゃくちゃ準備してたよな？」

「おーおー、そうですよぅ？　そりゃもうめちゃくちゃ準備してましたよ。特に永澤ちゃんが来るかもってわかってからは、倍増しで気合い入れて頑張ったからねぇ」

椎乃が関係しているのか？　と顔を見合わせて頭にハテナを浮かべていると「さぁさぁどーぞどーぞ」と外川に腕を引かれた。しかも僕と椎乃の片腕ずつを引き、テントから数歩奥の弓道場の中へずんずんと連れていかれる。

我が城修高校の弓道場は、西嶋師範の道場よりも数的分広い。土足厳禁の道場内を、当然靴を脱いでから一礼と共に入る。すると道場内の壁にＡ３大のパネルが等間隔に掛けられていた。

「えっ。弓道部って展示発表だったの？」

「うん。部の活動報告とか来年度の勧誘のために宣伝的な意味でね」

入口からほど近いパネルには、昨年度秋から今年度前期までの戦績がまとめられていた。写真が入れ込まれているため壁新聞のようだが、とはいえパネル二枚分なので「これだけ？」という印象を受ける。

「あー、いま『これで終わり？』とか思ったでしょー。チッチッチ、まだ終わらないんだなぁ。活動報告プラス、あちらに弓道クイズブースを設けておりまーっす」

実はそっちが本題なんだよねぃ、と外川は悪い顔で笑っている。椎乃は「ふーん」と言わんばかりに鼻先を上向けた。

「へぇ、てことは弓道に関することが出題されてんのか⁉」

『正解すると　なんかあるの』

「豪華景品を用意してございます……って言っても、さすがに永澤ちゃんが挑戦するには簡単すぎて全問正解間違いなしだろうから、確定でいいものを差し上げますゆえそれで勘弁してね」

「なんだそれ。椎乃が来るから気合い入れてたんじゃなかったんかよ」

「ヘイヘイ、せっかちセイちゃんよぉ。『弓道クイズ』って言ってんでしょーが？　つまり？　そもそもとしてセイちゃんには解けるかどうか……っつー話ですわよ」

腕組みをしてまたもや外川の悪い笑み。うわっ、そういうことかよ。このクイズをドシロートの俺に仕掛けて、椎乃と一緒にニタニタしようってことだな⁉

「それで全問正解すると、的前（まとまえ）で弓引き体験ができます。安全上の問題で素引（すび）きだけどねぇ」

外川が指したのは一番端である落（おち）の位置。たしかに、あの落（おち）の的（まと）だけ安土（あづち）にかけてあるのはどうしてだろうとは思っていたが、素引（すび）き体験のためだったのか。

だが素引（すび）きというのもなかなか出来ることではない。そしてゴム弓の鍛錬（たんれん）を経た今の僕なら、以前弓道をひとつも知らなかった頃に挑戦した素引（すび）きよりも俄然（がぜん）まともに引けるかもしれないじゃないか。くぅー！　ウズウズするくらい興味が出てきてしまった！

『つまりトガワは　セージが一人で　どぎまぎしてるところを見せて　私をもてなしてくれる　ってワケね』

「さっすが永澤ちゃん！　わかってくれると思ってたよぅ。じゃあ決まり」

『やっぱりトガワ　いいトモダチだね』

「フッフッフ、お褒めにあずかり光栄でございますぜ永澤どの」

「もー、わかったよっ。やりゃいいんだろ一人でっ」

チクショー、みんなで笑い者にしやがって。見てろよォ、今まで二人から吸収してきた知識を使ってこれ全問正解してやるからなっ！

　持っていたベビーカステラのカップを椎乃へ返し、ずんずんと勇んで一枚目のパネルの前へ立つ。二人は後ろから着いてくる。

「えーと『第一問。弓を持つ手はどちらでしょう。一、右手。二、左手』……ってなんだこれ、簡単にも程があるだろ。左手っ！」

　外川を振り返ると、いつもの満面の笑みで「正解」と言われた。

「フン、こんな程度なら楽勝ッ。『第二問。この状態は何と言うでしょう。一、引分け。二、会。三、大三』」

　問題の右側に絵が添えられている。弓を持った人が、矢をつがえていっぱいに引分け、矢を口割(くちわり)に合わせている。これも簡単だな。

「会っ」

「うん、順調だねぇセイちゃん」

「八節やってりゃこのくらい……あぁでもタマは答えられねぇかもね」

「フハハ、確かに」

「えーと『第三問。この的の名称は何というでしょう。一、線的。二、星的。三、霞的』」

第二問目同様、問題の右側に的の絵が添えられている。真円に、太さの違う黒い真円線が計三本書かれている……ってちょっと待て。的の名称だって？　そんなの聞いてないし気にしたことなんてなかった！

たしかに見たことはあるものの、名前なんてわかるわけがない。チラリと外川を窺えばフフンと鼻高々にニヤニヤしている！　くっそー！　ここで外してたまるかッ。推理だ推理、名探偵セイジは永澤椎乃の名にかけて見事正解してみせるッ！

顎に手をやって問題を睨みつけていると、椎乃がこっそりと僕の脇腹を肘打ちをしてきた。浅く目をやると、その視線が僕から問題の答えの方へゆっくりゆっくり動いていく。

まばたきが、ひとつ。ふたつ。みっつ。再びじっと僕の目を見つめてくる。

こ、これはまさか、僕への助け船？　椎乃を見続けてきた僕なら椎乃のまなざしだけで言わんとすることがわかるだろう、という一種の信頼の証？　だったら、椎乃のまばたきがみっつだったから『三番』か？

「……さ、三番、かな」

「おーお、正解！　よく知ってたねぇ」

どうやら椎乃との目配せを外川は気が付かなかったらしい。うおお、椎乃サンキュー！　改めて視線を合わせると、椎乃は口角をゆるりと持ち上げた。

「よ、よし、このまま『第四問。的が並んでいるところの土を何と呼ぶでしょう。一、安土。二、盛り土。三、坂』……よかった、また簡単なヤツ。安土だっ！」

「正解ー。ヤバいどーしよ、セイちゃん全問正解いっちゃうかもっ」

さっきひとつズルしたけどね、とこっそり苦笑い。

「『第五問。この立はなんと呼ばれているでしょう。一、大前。二、二的。三、落前』」

例によって問題の右側に絵が添えられている。的が五個並べられていて、右からふたつめに矢印がある。これは大前と落の位置がわかっていれば簡単なことだ。大前は右側。落が左側。つまり答えは――

「二的っ」

「ええっ正解！　けどセイちゃん、五人立の試合見たことあったっけ？」

「フッフッフ。弓道動画で見たのと、椎乃から教わったのとで知ってたんですぅ」

ね、と椎乃を向くが、そっぽを向いてミルクティーを啜っていた。今更「関係ありません」みたいな顔されても。まぁ、髪の毛の間から耳がちょっと赤くなっているのが見えたから目をつむってやろう。

「よし、『第六問。ここを弓道では何と呼ぶでしょうか。一、下筋（したすじ）。二、袖下（そでした）。三、二の腕』」

例によって問題の右側に添えられている絵によれば、右腕のまさに二の腕の部分に矢印が向けられていた。『弓道では』だろう？　ええとたしか、ゴム弓の練習を始めたばかりの頃に痛くなっていた部分だよな。椎乃に「引き方がおかしいのか」と訊ねたときに、その呼び方を教えてもらったような気がする。クソー、そんなに難しい単語じゃあなかっただろうにッ！

「フッヘッヘ、いいねセイちゃん。悩めぇ、悩めぇ」

どっちだったっけ、下筋（したすじ）か袖下（そでした）だった気がするんだ。ううーん、多分こっち……いやいやしかし――グルグル悩む思考（しこう）を思い切って分断（ぶんだん）し、意を決して「二番？」と答える。

「ざーんねーん！　正解は一番の『下筋（したすじ）』でしたァ！」

「嘘マジで?!」

「マジだよぅ。ねぇ永澤ちゃん」

椎乃へ外川と共に顔を向ければ、椎乃はカクンとひとつ頷いて画面を見せてきた。

『そう　下筋　私　前に教えたのに』

「うっ、そう、そうなんだよ。椎乃から教わったのは覚えてたんだけど……」

「残念だけど素引きはまた今度かなぁ」

「クソー、しゃーないかぁ。えーと『第七問。つがえる矢には、順番があるでしょうか。一、◯（マル）。

二、×(バツ)』……ここに来てマルバツ問題？」
うーん、これも教わってないことだ。まぁ二択だし、とバツに賭けてみる。

「はっずれー！　正解はマルでしたん」

「えっ、そうなの？」

適当につがえているワケじゃなかったのか、と目を丸くする。数秒ののちに、椎乃が僕へスマートフォンを向けた。

『矢には　羽根がついてるでしょ　羽根のつけられかたで　順番決まってるの　奇数番は甲矢(はや)　偶数番は乙矢(おとや)を引く』

「ほえぇ、そうなんだ」

「ねぇ、細かいねぇ。けどそれが当たり前になってくると、うっかり間違えただけで悶々(もんもん)としてくることもあるんだよ」

「外川も悶々としたりすんの？　何でも受け流しそうなのに」

「えー？　どういうことぉ？　まぁ間違えてたのなんて、中学の頃に何回かあったかないかくらいだけどねぇ」

『私は　一度もないけど』

差し込まれた画面。外川はブフッと噴き出して「さすが永澤ちゃん！」と高く笑った。

「えーと、これで最後か。『第八問。近的競技(きんてききょうぎ)に於(お)ける射位(しゃい)から的(まと)までの距離は何メートルでしょうか。一、18メートル。二、28メートル。三、38メートル』」

えっ、マジ？　そんなキョトン顔のまま、バチリと椎乃と目が合う。逸らさずにじっと見上げてくる黒茶の彼女の双眸が、再びあのときの感動を呼び覚ます。

そう。椎乃にすべて持っていかれたあの瞬間の、ズガンときたあの感動が――

「――『28メートル』」

外川ではなく、椎乃と視線を合わせたままポツリと正解を呟く。感動の波が全身に行き渡り、思わずふるりとした。

「ええー、セイちゃんどうして知ってたの？　これ答えられた未経験者、今までいなかったのにぃ」

外川のがっかりした声を聞いて、椎乃は優しく笑んで瞼を伏せた。すっかり鼻高々な、僕は顔面が崩れてもお構いなし。「まあまあ」と自慢気に腕組みをしてみせる。

「おかげさまで、『何かを悟った分だけ近くなる心の距離と同じ長さ』って覚えてたもんでね」

◉

弓道場を出て外川と別れる間際。テントの下の長机に置かれていた掌大の個包装をいくつか手に取った外川は、それらを椎乃へ丁寧に広げ見せた。

「はい永澤ちゃん。約束の『確定でいいもの』です」
個包装の中身はプチパンケーキ。真円型（しんえん）パンケーキの中心に、それよりもふた周りほど小さな真円型のチョコレートがくっついている。それはまるで――

「的（まと）だ。すげぇ！」

「フッフッフ。城修弓道部特製『星的（ほしまと）パンケーキ』でーす。クイズの参加賞で一人一個ずつ渡すことになってるんだけど、永澤ちゃんには特別に五個あげちゃう。五人立（ごにんたち）にして遊べるよー、なんちゃって」

さっきの的（まと）のクイズでも出てきた『星的（ほしまと）』とはこれのことだったのか。先日の西嶋弓道場でも使用されていたのはこっちだった。

椎乃は右手にカップ、左手にスマートフォンを持っているので、外川が小さなビニル袋にパンケーキをバラバラと入れてわざわざ僕に持たせた。そうだよな、おもてなしだからな。進んで荷物持ちをしなくては。

続いて「これはセイちゃんの分ね」と掌（てのひら）に置かれる個包装一個。ふと「二八メートル先のこれを狙う景色はどんなふうに見えるのだろう」と、素引きを逃したことを悔（く）やむ。

「あと、永澤ちゃん。今日はわざわざ来てくれてほんとにありがとうね」

スマートフォンへ親指のフリック入力で文字を打ち込んでいた椎乃。顔を上げて外川と視線を合わせる。

「いろんな葛藤あったと思うんだけど、セイちゃんが楽しそうにしてるとこは俺も久しぶりに見られたから、すんごくよかったーって思ったんだよね。こっちも確定で永澤ちゃんのお陰だからねぇ」

気付かなかった。昨日までの僕が一〇〇パーセントで楽しめていなかったことを外川はわかっていたのか。ということは、十中八九玉野にもそう思われていただろう。うう、反省。僕こそ周りに心配かけていたワケか。だが、今なら沁みるほどわかる。心配してくれる友達がいるのは極上に幸せなことなのだ。

椎乃がスマートフォンに返事を打ち込み、外川だけに見せる。それを読んだ外川はクスと笑っていた。

「気が抜けないなぁ」と照れていた。

「そしたら次の試合、楽しみにしててね。ぶっちゃけた話、ウチら城修弓道部は団体戦強化してるとこなんだぁ。学院大附属が穴にしてるとこ突いて、次こそ総ナメ阻止する予定だからね」

何の話か思えば部活トークか。しかもさっきまで椎乃が悩みに悩んでいた部分だし！

ピリッとした緊張が僕を抜けて、すると隣の椎乃は「ふーん？」とばかりに目を細め、再度スマートフォンを向けた。

『上等すぎ　私が　その穴とやらを　隙間なく　ミチミチに埋めてやるから　個人も団体も　また私がもらってやる』

外川に「セイちゃんも見て」と腕を引かれて読まされて、目を丸くした。すっかり消えかけていたはずの椎乃の闘争心に、ごうごうと火がついている。

僕が読み始めると、途端に眉間を詰めて口を山なりにひん曲げた椎乃は、スマートフォンを制服カーディガンのポケットへ突っ込み、空いた手で僕と外川の胸板に一発ずつグーを入れた。なんとも強烈な照れ隠しだ。いつもどおりの椎乃に戻りつつあるらしいことがわかって、僕はようやく安心した。

◉

外川と別れ、すっかり遅くなってしまった1Dの教室展示へと並んで進む。開け放たれている1Dの教室の中をコソコソと覗き込んだ椎乃は、くるりと見渡したあとで顔を離し、『おまつりの縁日みたい』と打ち込んだ画面を見せてきた。

「大正解っ。俺たちのクラス展示は『祭りのゲーム屋台』！　放課後ずっと作ってたのはこれだったってワケ」

昼食どきということで人の入り具合はさほど多くない。人混みが苦手な椎乃を連れてくるには、弓道部の展示を先にして丁度よかったようだ。

「あーっ、永澤さーん！　やっと来たあ！」

教室の中からとたとたとこちらへ向かってきたのは、マミちゃんだった。その左腕には、玉野というヘラヘラしたオマケがついている。あンの野郎……当番時間中なのに平然といちゃついていやがったな?

「よーお永澤ちゃん、いらっしゃーい。先にいろいろ見てきた? 今日は青磁を思う存分好きに使ってやっていい日だから、まだまだ何でも言いつけてやってな」

「何だよその『好きに使ってやっていい日』ってのはっ。てか仕事しろよ仕事」

「してましたぁ。マミちゃんをおもてなししてたところですぅ。さーて永澤ちゃん、どれからやる? えっとね、手前から千本引き、水風船つり、射的、型抜きね。さっそく射的やってかねぇ? ぜひともパーフェクト狙ってくだせぇよ!」

いつにもまして玉野のノリがうっとうしい。スンと冷ややかな目で見ている僕の横で、椎乃のスマートフォンもくるりと玉野を向く。

「ん? これ俺に? えーと……『私のことはいいから　ひきつづき　杉中さんのこと　ちゃんと見てあげて　じゃないと　足踏んでやる』ゥ?」

わざわざ玉野が声に出して読んだため、僕もマミちゃんも画面を覗(のぞ)かずとも椎乃の言い分を把握(はあく)できた。ブフッ! と盛大に噴き笑い。こういう場を和(なご)ませるような気遣いができるヤツなんだよな、玉野は。「ちょ、マジかよ永澤ちゃあん」と命乞(いのちご)いをする玉野を見てフンとそっぽを向いた椎乃は、マミちゃんの右腕に触れて注意を引いた。しかもいつの間にか既に用件を打ち込んでいたらしい。緊張した面持(おもも)ちでマミちゃんへ画面を向ける。

『来るとき言ってた　部活のこと　やっぱり全部諦めたくない　だからもう少しだけ　マミコも　私に付き合ってくれる?』

　わざわざ覗き読んで、「名前呼びだ」と目を丸くし、顔を見合う僕たち三人。カアと顔を赤らめ、口を山なりにしてそっぽを向く椎乃。その様子をたっぷり堪能してから、マミちゃんは春爛漫の笑顔になった。

「もっちろーん！　よかったぁ、椎乃が部活辞めちゃったら、張り合いも無くなるからヤだなーって思ってたしね、わたしと椎乃ともう一人誰かで、最強三人立組みたいのっ。わたしの目標なんだぁ。ねっ、絶対強いチーム作ろ！」

　そう言ったマミちゃんの笑顔に僕まで救われた気持ちになる。ほらね、と椎乃を見ると照れたように俯いて小さく頷いた。

『じゃあ　向こう見てくる　マミコはタマノと　ちゃんと楽しんで　だから帰りは　ばらばらで平気』

「えー、でもぉ。あーっ、じゃあ椎乃のこと、佐々井くんが送ってってくれれば罪悪感なくなるなぁ。ここから駅まで結構複雑だったしぃ、椎乃が迷っちゃったらわたし心配だしぃ。佐々井くんが戻るまで、またわたしたちがお店番やっといたげるから。ね？」

　腰に手をやって「じゃ、そういうことで」と僕の肩に手をやったマミちゃんはなぜか迫力があって、その威圧感につい息を呑んだ。どことなく「与えてやったチャンスを逃すな」と強めに言われているような気がするのだが。

二人にお礼を言ってから、教室奥の射的ブースへ移動。

話は変わりますが、割り箸鉄砲ってご存知？　簡単に説明すると、割り箸と輪ゴムを数本ずつ使って作った銃です。弾として輪ゴムを引っかけて飛ばすアレね。ちなみにこれらをせっせと作ったのは、僕と玉野と数人の男連中だ。椎乃は『触ったことない』などと拒否反応を示したわりに、三発試し撃ちをしただけで簡単に慣れてしまった。結果、命中率は八五パーセント。やっぱりスゴいぜ、永澤椎乃。

次の千本引きで釣り上げたのは『1D水風船釣り一回サービス券』。これはクラスの女の子たちが一枚ずつ手描きで作っていた。実は、この千本引きの中に『城修祭内の飲食物引換券』なるものが五枚だけ混ざっている。なんでも、千本引きを担当した口の上手いヤツらが、飲食物を出店する先輩たちに無理を言い、どうにか許可を取って作成したものらしい。引き当てたらそりゃもう『大当たり』ものだ、だって焼きそばやらタピオカミルクティーやらが一品無料で戴けるんだから！

当てたサービス券で椎乃がチャレンジした水風船釣りは上手くいかなかった。苦笑いで『ムズいね』とスマートフォンを向けられて、それがあんまりにもかわいかったから、僕が代わりにオレンジのものをひとつ釣り上げた。

『むだに　うますぎ』

「フーン、なんとでもおっしゃいっ」

『まぁ　アリガト』

「あは、どーいたしまして」

◉

城修祭のアーチゲートを並んで潜り、小金坂駅へ向けて歩き出すと、椎乃は爽快な表情で『案外楽しかった　ほんとに』と向けてきた。

「よかった。無事ミッションコンプリートって感じです」

『トガワの弓道クイズ　セージが悩んでるとこ見てたら　やっぱり弓道好きだなって　自分の気持ちも確認できたの　私から弓道がなくなるなんて　ありえないなって　だから　ひとの話に耳を傾けること　ちゃんとがんばりたいし　たくさん足掻こう　って決めた』

珍しく素直だ。まるでさっき流れた涙と一緒に毒気も抜けてしまったみたいに。

歩きながらの打ち込みが途絶えない。文章を作っては見せを繰り返しながら駅までを行く。

『私の視野も　世界も　常識も　ここ二か月で　ちょっとずつ変わってきてる

全部セージがきっかけ　私　セージにたくさんたすけられてるんだって　今日はより強くおもった　だからセージには　普段から感謝してるのに　いざ顔合わすと恥ずかしくて　こういうときじゃないとちゃんと言えないから』

「し、椎乃がそう思ってくれるなら、素直に嬉しいけど。てか多分お互いにそ――あっ。師範にもこの前『相乗効果あったんだな』って言われた。なるほど、『お互いにいい影響を与え合う友達』……つまり親友ってやつ？　アハ、ちょっと古い？」

友達以上恋愛関係未満——きっと、椎乃が僕に対して想っている関係性の現在地はここで間違いない。椎乃に対する友人的好感度は、玉野や外川と並ぶ高水準。恋愛的好感度となるとそうではないが、それを本人にバラすべきか否かで立ち止まっている間は「親友ポジションにランクアップした」と能天気に喜んでいれば気取られないはずだ。会えば腕や頬に触れたり、感情をぶつけ合ったり、悩みを打ち明けたりしたけれど。今も、手の甲と手の甲がこんなにも近いけれど。

「まぁともかく、椎乃は変わらず俺の大事なトモダチの一人だから」

自分で言っておきながら、痛烈にグサリとくる。

「だから、考え整理するために、誰かに話したいとき、とか、いつでも聞——」

あぁダメだ。やっぱり僕はすっかり『椎乃の親友』では嫌なのだ。

「——ゴメン、違うわ。やっぱ俺、椎乃の親友……なんかじゃない」

ピタリと立ち止まった僕は、ゆっくりと歩きながら何かを打ち込んでいる椎乃の背に思いきって声をかけた。

冷たい秋風が僕らを抜けていく。三歩先で振り返ったショートボブがふわりと翻って僕を向くも、その双眸は僕の発言のせいで不安気に揺らめいている。

椎乃と延々メッセージのやり取りを続けたいと思うのも、一秒でも多く椎乃と顔を合わせたいのも、手の甲の近さをビリビリと意識してしまうのだって、全部全部、本当は――

「椎乃のこと、頭抜けて大事だと想ってるって気付いたときからずっと、人間的にも恋愛感情でも、俺、椎乃が好きだから」

言ってしまってから、スウと鼻で深く息を吸い込む。脳の全部に、肺の全部に、たりなくなっていた酸素を行き渡らせるように。

「色恋沙汰抜きっていう約束だったのに、早い段階から守れてなくてゴメン。でも、その約束守れてなくても、どうしても椎乃を諦めたくなかったんだ」

恋心の告白なんて、もっと崇高で、もっと桃色で、最高にロマンあふれる雰囲気のものだと思っていた。そういう空気が先立つからこそ告げられるものなのだろうな、と思い描いていた。その点僕はどうだ。まるで犯した罪を明かすときのようになってしまった。

「ま、まぁ、トモダチ関係が破綻すんの怖かったし、しばらく黙っとくつもりだったけど、いつも椎乃に嘘ついてるみたいな背徳感もあってさ。椎乃に気付かれる前にきちんと話した方が――って、椎乃を理由に自分のことばっかだな、俺」

最悪、と口元を片手で覆いながら嘲笑気味に小さく笑う。

椎乃へ言いたいことは、本当はもっとたくさんある。なのに、どれもこれもが今言うべきではないような気がするし、どれもこれもが言おうとした瞬間から消えてなくなっていく。

自分のスニーカーの先が案外汚れていることが目に留まり、しかしこれは今までにないほどたくさん歩いてきた証拠だと思えてきた。

わずかに視線を上向ける。見えているのは、三歩先の彼女の膝頭。この距離が今だけは矢道の長さほどに感じてならない。

「――ばか」

低めのソプラノというか、高めのアルトというか。そのたった一度だけ聞いたあの声が、冷たい秋風の隙間を縫って僕の鼓膜を震わせた。慌てて彼女の顔へ視線を移すと、両手持ちしたスマートフォンを顔を隠す位置で僕へ向けていた。

『せっかくいま　私から言うかんじ　ずっとつくってたのに　超だいなし』

わたしから、いうかんじ？

注視する僕の姿勢は、どんどん前のめりになっていく。遂には三歩を僕から詰めた。文字が読みにくいだけが理由ではない。

『私だって　セージがだいじで　すきだな　と　おもってるんだけど』

乾いた秋風は、白茶色をしていると思う。

『だから　色恋沙汰抜きの約束なんて　忘れていい　むしろ　私の意固地なひとことで　ずっと縛っててゴメン』

それは、夏の猛暑を耐え抜きつつも日焼けをおこした『よく頑張った』葉の色だ。

『短絡的で　ばかまじめで　オヒトヨシで　やさしい　そういう　誰か一人のためになれるセージのこと

が　人間的にも　恋愛感情でも　私はすき』

俯(うつむ)きかけるスマートフォンの向こうからチラリと目だけを出し、一度こちらを向いてまた瞼(まぶた)で伏せられる。ハの字になった眉も、どことなく赤くなった表情も、縮めた小さな肩も——や、ヤバいぞこんなの。とんってでもなくかわいいのだが？

「……マジ？」

打ち込まれたすべての文字のせいで、僕の脳天から足先へ感激のゾワゾワが抜けていった。今になって膝ががくがくする。非常に格好悪い話だが、現実と妄想が入り混じっているのではと思えてならないんだ。

『セージは　周りと張り合ったり　かっこなんかつけなくていい　きっと　いまくらいかっこわるいほうが　丁度いい』

「か、カッコ悪いって……ま、まぁ、否(いな)めませんが」

『そのほうが　等身大でいいってこと　私ずっと　気を張りまくってるから　気持ちがラクになれるひとじゃないと　一緒にいて苦しいもの』

たしかに、と小声で納得して言葉を失う。椎乃はスマートフォンを顔の前から下ろし、互いに視線が下向きになる。

「あーっと、そっ、その。つつつまりその……か、のか、彼女、ってことでいいの？」

『まあ　なってあげてもいい』

「なっ……なんでこんなときも上からなんだよっ」

『私が　カノジョにしてください　なんて　言うとおもってたワケ?』

「いや、たしかにそんな椎乃は違う気がするけれども」

ジッと見上げてくる黒茶のまなざし。こんなにも頬が赤いのは、絶対にお互いさま。深呼吸をひとつ。それもご大層なやつを挟んで、気持ちを切り替える。

「つつ、付き合ってくだしゃ――げ、噛んだ。や、やり直しっ。『付き合ってください』っ」

声を出さない笑い方をする椎乃。半身を折るように腹を抱えたまま、なかなか起き上がってこない。僕は「うあぁ……」と自分の赤面を覆（おお）った。

「ちょ、笑いすぎ……マジでダサいじゃん、俺」

『別にいいってば　ださいカレシ　上等』

「ッカ!」

大袈裟なまでに天を仰（あお）ぐ。文字で見ると破壊力がスゴすぎる。ださいはともかく『カレシ』って……僕が誰かの、それも一目惚れした娘（こ）の彼氏になれただなんて!

『だいたい　私の場合　いやだったら　ちゃんとすっぱり断るでしょ』

「そそ、そうですな」

『私は私でいいって　セージが言ったように　セージはセージでいいんだから　そのままでいて　まぁずっとそのままも困るけど』

「……ハイ。もっと気持ちに余裕持てるよう、精進します」

あの薄い笑みが僕を向く。まばたきが多くなり、上気した頬が照れを覚らせる。つられて僕の頬もへにゃりと緩む。

スマートフォンを持っていない方の手に、そっと触れていく。ヒヤリと冷たいのにしっとりと柔らかく、触れ合う部分は懐炉よりも温かい。どちらからともなく指が絡み、まさに『手を繋ぐ』が成立だ。そのまま小金坂駅へ向かう下り坂から見える住宅の屋根屋根に目をやりながら歩き出せば、背を押すように爽やかな風が抜けた。

「苦しいときもそうでなくても、いつだって椎乃を大事に想いたいし、頑張る椎乃を一番近くで応援してたいんだ」

良く言えば『平均的』で『可もなく不可もない』、悪く言えば『モブ』で『背景』で『その他大勢』――そんな僕は、得意な教科、特別に好きなこと、偶然秀でていたがために出来てしまうことなんか何ひとつとして持っていない。

「けどこれからは、トモダチじゃできない支え方ができたらいいなって。きっと今後もこの考えは変わらない。俺、一回そうだって思ったらよっぽどでない限り考え変わんない『バカマジメ』だからさ」

だが、たとえ些細な役割しかない『モブ』や『背景』にだって、そこに居なければならなかった理由は必ずある。僕が永澤椎乃という主役の脇に立つ『モブ』や『背景』だからこそ、永澤椎乃自身が見えていないものを僕はずっと見てこられたのだから。

『私が　セージより　弓道を大事にしても？』

繋いだ手がクンと引かれ、するとそう打ち込まれた画面が僕を向いていた。画面の向こうには、いつもの彼女の挑戦的な視線があった。

「訊くまでもないだろ」

いびつながらもクスと笑う僕。『モブ』だの『背景』だのと腐っている場合ではないと気付くことができたから。

「そういう椎乃だからこそ、だよ」

# 7　何もない僕から28メートル先のキミへ

あの秋が過ぎ、慌ただしく学期末テストも終えた真冬の放課後。枝依中央ターミナル駅内のあのハンバーガー店の人どおりが見えるカウンター席に、僕と椎乃は隣合って座っていた。もちろん椎乃が左側。

「師範びっくりするだろーな、部活のごたごたがなんとかなりましたよって聞いたら」

椎乃が悩んでいた枝依学院大附属高校弓道部内の複数の厄介ごとは、ひとつは双方の歩み寄り、ひとつは双方の認識改めによって、どうにか上手く消化された。

どんなふうに解決したかを訊ねたが、椎乃が詳しく教えてくれるはずもなく。ただ、マミちゃんからうっすらと聞いた話によると、椎乃が全方面で粘り強く『間の意見』を模索したからなのだとか。相変わらずマミちゃんも手助けしてくれたようで、僕の知らないところで二人の友情は厚みを増していた。

『話するより　師範の足　踏んづけるのが先』

「プッ！　そうだったそうだった。あの射会以来行けてないもんな」

『けど　のんびりしてられない　これから　年度末の練習試合に向けて　マミコと本格的に　作戦立てて

かないと　あのときのトガワの　得意そうなハナ　ばき折るために』

悪だくみの顔で僕のフライドポテトも数本奪う。したり顔も似合っているだなんて、と僕は自分のスマートフォンに目をやった。

「それで？　仲の深まったマミちゃんと部活以外の話にも花が咲きまくってるみたいだけど、コレはさすがにまだ早くない？　あと四年はあるじゃん」

数分前に椎乃から送られていたURLリンク先の画像を、ツルツルとスクロールしながら順に見ていく僕。きゅんと眉間を詰め怪訝（けげん）な顔をした椎乃は、バニラシェイクカップをタンとテーブルへ置き、例の速度のフリック入力で反論を打ち込んだ。

『いいでしょ別に　どんな色が似合うかとか　どんなのならよさそうかとか　なんとなく　マミコと見てるだけなんだし』

「まぁ、見てれば楽しくなって迷いだすのもわかるけど」

スクロールの手を止めて、僕もフライドポテトを数本口へ放る。椎乃はバニラシェイクを音もなく吸い上げる。

『マミコのお姉さんが　年明けに着るの　だからマミコも　自分の選びたくなったんだって　それで最近一緒にいろんなの　見てる』

「なんだ、そういうこと。やっぱこーゆーのは特別気合入るんだなぁ。俺全然考えてないもん、まだまだ先って感じだし」

言いながらスマートフォンから顔を上げる。するとジト、とした細目で見られ、追加の文章が加えられる。

『セージ知らないんだ　弓やってるひとが　周りにかなりいるっていうのに』

「へ？　コレと弓で何か関係あんの？」

キョトンと訊ね返すと『おおあり』と返ってきて、平置きだったスマートフォンが一旦持ち上げられる。スイスイと十数秒間の画面操作を経たその画面が、再度僕へ向けて置き直された。

そこに映し出されていたのは『大的大会』の文字並びと、矢をつがえた弓を構えて的を狙っているであろう女性たちが映った写真だった。ただし、彼女らはいつもの道着ではなく、艶やかで上品で色彩豊かな振袖と、ピシッとした折り目のついた袴姿なのだ。

「っと？　『江戸時代の通し矢にちなむ弓道大会で、全国から二千人が参加。特に新成人の晴れ着姿での競技は、正月ならではの華やかさで、京都の風物詩のひとつ』……ほへぇ、こんなのあるんだ?!　てことは、椎乃もマミちゃんも参加するんだよね？」

『そのつもりでいるけど　設けられてる参加資格　全部クリアしてて　更に　定員制で　申し込み順だから　参加受付が始まり次第　すぐにもぎ取りにいかきゃなんないの　だから　成人式を迎える年にならないと　正式に参加できるかは　未定』

「そっか、すげー厳選されるっつーワケな？」

ホームページには『参加可能人数は二千人』とある。一見多そうに見える数字も、ひとところに集まれるほどだと考え直すと案外そうではないかもしれない。

「はぇー、なるほど。もし二人が参加資格もぎ取れたら着る着物だから、尚更熱入れて選んでるってワケね。たしかにソワソワ見たくなるかも」

椎乃から送られていたURLリンク先の画像——振袖レンタル会社の着物のサンプル画像に目を向け直す。赤に青に濃紺に金色、単色や混色にグラデーション。施されている模様も花鳥風月様々で、どれひとつとして同じものはない。

『セージは　どういうのが　いいとおもう』

きゅっと僕の左袖を引き、そんな画面を見せてくる。下から見上げるような視線を僕へ向ける椎乃は、口を小さく結んでいる。

「どっ、どーいうっ、てその、えと」

『どうせなら　一緒に選んだ振袖と　セージがくれた下駄で　三十三間堂の大会に　参加したいなって』

握られている袖はまだ離されない。並んだ文字がトドメとなり、みるみる顔が赤くなる。

「こおっ、このサイトの中から着物選ばないと、ダメ？」

開いていたサンプル画像のページを閉じ、僕は新たにキーワード入れ込んで検索をかける。

「椎乃は、そそその、あっ。ここ、こーゆーのもかっこかわいく着こなせそう、じゃない？　そ、そのままの椎乃も、充分華やか、だからさ」

椎乃へ見せる、僕のスマートフォンの画面。パッと目を惹くオレンジ一色の袴、そして黒地に白い桜がグラデーションに舞うシックな振袖の組み合わせが表示されている。『オレンジ　袴　振袖』で検索してすぐに、僕が思う椎乃の袴イメージと合致するような画像が出てきてくれたのは、ラッキー以外の何ものでもない。

「あ、お、俺のセンス自体正直ビミョーだから、気に食わなくても、許して。タマはおしゃれなんだけどさ、俺はあんまこーゆーの得意じゃないっつーか」

そうして苦笑で逃げ道をつくり、ポテトをぱかぱかと口へ放り込む。袴と振袖の映るスマートフォンを回収しようとしたところで、しかし椎乃に左腕ごと強く掴まれ阻止されてしまった。

更にじっと見上げてくる、椎乃のまっすぐなまなざし。あの、ち、近い。いつにもまして近い。……いや、あのね、いいですか。付き合っていたってこうも近かったり触れられていたらね、無条件にドキドキとしてしまうものなんですよ。

「――いい」

うっすらと唇が開き、細く細く、未だ聞き慣れない声で呟かれる。椎乃だ、椎乃が『声で』肯定してくれた。

「ま、マジ？　椎乃も、こゆのがいいと思った？」

かくんと首肯が返ってくる。うう、チクショウ、不意打ち素直は反則だろう、かわいいなッ！

椎乃が声で話すことは、あれ以来ほぼなかった。本人いわく、僕の前だけで相槌程度から練習しているらしい。大歓迎だと返したら、顔を真っ赤にブンとそっぽを向かれてしまったが。

『セージは　枝依市の成人式に行くの？』

「えっ、ま、まぁそりゃ、その選択肢しかなかったから。会場で中学の友達に会えるのとかくらいは、楽しみにしてたけど」

そもそもずっと先の話だと思っていたので、成人式など今の僕には考えもしなかったというのが本音だが。

『もし私が　三十三間堂　行けるってなったら　セージはどうする？　枝依市の成人式か　京都の三十三間堂か　二択になるかもしんない』

「俺は……そうだなぁ」

ひとつ補足をしておくと、ゴム弓のテストを終えたあとも結局僕は弓道部に入らなかった。僕の弓の師匠は永澤椎乃ただ一人だから、部活動は違うと自分で判断した。

代わりに、定期的に椎乃からゴム弓を使って弓道の基礎を教えてもらっている。場所は枝依総合体育センターが多いが、テスト期間を挟んだので数週間行けていない。なのでそろそろ再開してもらうつもり。

「成人式も大事だけど、椎乃がこんなデカい規模の会場で色鮮やかに弓引くのって、きっと一生で一回しかないじゃん？　中学の友達には連絡すれば会えるだろうし、そしたら一緒に京都行くっきゃないよ」

『いいの？　そのときまで　私とつきあってること　確定になるけど』

「じゃあ俺から先に、『この先四年は仲睦まじくいさせてください』って言っておかなきゃな。前も言ったけど、俺は一回そうだって思ったら頑なに考え変わんないよーな『バカマジメ』ですからね」

ゴム弓をしていてわかったことがもうひとつ。僕は自分で弓を引くよりも、弓を引く椎乃を見つめている方が格段に充足感をおぼえるということだ。

弓を引くことが嫌なわけではない。弓道のことがわかってくると素直に嬉しいし楽しいし、わずかな向上心だって満たされる。それに共通の話題が増えたことで椎乃との時間に深みが増す。でも、そうではない。

恐らく僕は、サポート役の方が向いていると気が付いた。

矢をつがえるときの心穏やかな所作。筈と弦の噛み合わせ。丹田に込めた力加減。顔向けの決まり方。妻手の角度、弓手の回り具合。引分けのなだらかさ。まなざしの凛々しさ。そして、離れの鋭さと、的紙を突き破る乾いた音――椎乃が行うその一連の流れを眺めていると、僕の涙腺は無条件に緩んでしまうほどに感動する。それが僕の幸福で、自分を見つめ直すきっかけで、だからこそいつだって椎乃が熱中しているところを一番近くで見守りたいと願ってしまうんだ。

隣同士でかち合う視線。はにかむ笑顔がまもなく小さく「ばか、セージ」と声にのせたから、好きな人の声で名前を呼ばれるプレミアム感にうっかり椅子から転げ落ちそうになった。

最高だな、僕の彼女。何もなかった僕にこんなにも彩りをくれる。遠い遠い二八メートルを、椎乃は軽々と超えてくる。そして当たり前に僕に的中してみせるんだ。あのとき渡した下牒に書いた、あの言葉に応えるように。

## 28メートル先で　いつも椎乃を想ってます

遠いようで、近いような、そんな曖昧な距離——二八メートル。その先にいつもいる椎乃を、僕はいつだって真っ直ぐに見守っているから。そんな気持ちと願いを込めて。これからもきっと……いや、ずっと、ずっと。

『3時過ぎた　そろそろ行かなきゃ』

「ほんとだ。そしたら行きますか、西嶋道場」

空になっていたカップやトレイを持って立ち上がり、それぞれのゴミを分別してゴミ箱へ。近くの簡易手洗い場で指先の塩気を落とし、きっちり拭ってから並んで店を出る。

左腕を差し出す僕。顎を引きながらひとつ頷き、矢筒を預け渡す椎乃。矢筒を肩にかけ、右手で彼女の左手を握る。彼女の右手を握らないのは、スマートフォンに譲っているから。

『道場着いたら　師範にお礼も言う　かも』

画面は見せてくるが表情は見せず。「何の」と訊ねようとしたところに『人間的成長の機会をくれたこと』と追加された。

「なるほどな。師範泣いて喜んだりして」

『ヘラヘラ　知らないフリするかも』

「声で言ってあげるのは？」

「……あ、ありがと、ございました？」

「はいー、感動の涙確定ッ」

ブンとほどかれ、真っ赤な顔でグーを入れられる。ゴメンゴメンと笑みを向けると、ほどかれた手はそっぽを向いたまま器用に繋ぎ直された。

「終わったら弓具屋さん行かない？」

かくん、とひとつ。

「やった。実は最近矢師とか謋師に興味あるんだよね」

黒茶のコロンとした双眸でキョトンとハテナに見上げられる。さて、矢師やら謋師とは一体何のことでしょう。まぁ、簡単に予測できちゃうかな。

にたりと笑ってみせた僕だが、これを進路として真面目に考え始めたと告白するのは、もう少し僕の下調べと覚悟が決まってからになると思う。

だって、距離を詰めるにも手順が大事で、ひとつずつ楽しんで臨むことが大切だとわかったから。

参考資料　公益財団法人全日本弓道連盟ＨＰより　射法について

# 佑佳（ゆうか）

北海道在住。
あの頃の佑佳にご指導くださった
ＫＧ弓道部の皆さまと恩師、
この物語を見つけてくださったすべての人、
佑佳に携わってくださるすべての創作仲間、
そして杉村さまへ、
多大なる感謝の心と愛を込めて。

著書
『なつ色のふみ』（幻冬舎、２０１９年）
『薄紅色コスモスの花束』（文芸社、２０２２年）


# 28メートル先のキミへ


2025年5月8日初版第1刷発行

著　者　佑佳

発行人　中村 航

発行所　ステキブックス
https://sutekibooks.com/

発売元　星雲社（共同出版社・流通責任出版社）
住所：〒112-0005 東京都文京区水道1-3-30 電話：03-3868-3275

印刷・製本　シナノ書籍印刷株式会社

本作品は小説投稿サイト「ラノベストリート」に掲載された同名作品に加筆・修正を加えたものです。
https://ln-street.com/





ISBN978-4-434-35698-8 C0093




装丁　中田舞子　　イラスト　杉村